U0813826

KUWEI

酷威文化

图书 影视

那些细碎却美好的时光

山亭夜宴　作品

百花洲文艺出版社
BAIHUAZHOU LITERATURE AND ART PRESS

只有成年人才会傻乎乎地在感情上自以为聪明，
他们总是觉得自己什么都懂。

人的经历、阅历足够了，
越来越看清彼此境况的不尽如人意，
世俗、人情世故和看似的冷酷，
而保持沉默，也许是最后的仁慈。

平凡者如我们，没有他日的偿还，
在奔往出路的半路上，一些人过早地就此缺席了。

目录

第一部分

目录

第二部分

目录

第三部分

目录

第四部分

因为，

我们寻找的东西，无法用这些条件去兑换，

越是和爱情有关，越是如此。

第 一 部 分

Part 1

[城市，
择路而逃的地图]

车子经过门前，刻意地放慢速度，以为要停下，却又开出了一段路才在拐角处停了下来。大约是不想占着正门前的空地，又似乎是想叫人从窗口探看到。

车上下来的男子点着烟。年轻人瘦削的身影，因为抽着烟，颇有几分颓废，叛逆期未过的意气。经过的人冲他点了点头，显然他不是头一回来这里，很有些人缘。

清明前后的几天，阴雨绵绵，屋檐下冗长的雨滴，一滴滴地溅湿了衣服和发丝，昏暗氤氲的过道，空气中浮动着一股黏腻的湿闷气。

我走进郑霏的新家时，她正在一点点整理箱子，墙角各处堆积着生活用品，瓶瓶罐罐一堆，说不上有什么具体用途，或许只是囤起来好看的各种造型的玻璃。

她的新家是她外婆住的一处单间，她和家里吵翻了后，一个人搬到外婆的单间住。

从与之相识、相熟的朋友身上，或多或少能找出些让自己感到钦佩的地方。譬如郑霏，自从进修完课程回来，她搬出了争吵不休的家。她外婆舍不得她，于是她和外婆住在一起，彼此照顾。

尽管她外婆上了年纪，精神还不错，三五不时组织附近几个老太太一起去听戏。

周末，她一个人在房间整理打扫，一看到我就说："赶快，趁我外婆回家前，把她这些宝贝垃圾扔掉些。"

我有些担心地问："你外婆不会闹脾气吗？"

"不会，东西太多，她记不清的。"她眨着眼睛笑。

年纪大的人似乎都有收集的癖好，十几年前的旧报纸从犄角旮旯里找出来满满一堆。我大概是因为以往的杂志报纸都清仓处理了，所以一边收拾，一边看起了报纸。

郑霏瞥了我一眼，说："要不你收回去？"

我赶紧摇头，别的不说，存了十几年的东西，全是她家生活的烟火和记忆，谁受得起？太沉重了。

郑霏跑出去扔完垃圾后，有意无意地朝一个方向张望了下。一个人影走了过来，手上捻着烟，看到郑霏皱了皱眉，他甩手扔了烟头。

我听不见他们在说什么，但从他们站着的姿态，大抵也知道不是一般的朋友，甚至比普通情侣还好些，两人的肢体语言有一种默契的亲昵。尽管看不清郑霏此时脸上的表情，男子是一张看似面无表情的脸，脑袋略微地侧向她，仿佛为了听清她的每个字，肩膀偶尔不自然地摆动一下，冲口而出的话似乎又咽了回去。

郑霏进来后，我当做什么也没看见地继续翻报纸，好一会儿，她缓缓地说："一个朋友找我吃饭，你去吗？"

"去蹭饭，会变成蜡烛吗？"

她斜了我一眼，嘴角一撇，说："去不去？"

旧报纸堆里埋着张地图，我一边去抽出来，一边想着怎么回答她好。

她忽然跨过障碍物，将地图收了去，表情神秘兮兮的，不想被问。

"去啊。"拍掉手上的灰尘，我说。

年龄相差不小的人可以是同班同学，看起来默契又般配的男女，为什么不能只是好朋友？

他叫小晋，文质彬彬，肤色不似办公室职员的文弱白皙，头发修剪得干净利落。

走在他们身后，才能仔细打量清楚。我记得郑霏说过她有个弟弟，不知是过继还是什么原因，从小不和他们生活。那天她喝得很醉，她父母要离婚，吵了这么多年终于要分道扬镳。以往闹得也凶，每次闹完两边劝一劝，日子还能对付着过，那次是只差签字了。

小晋去楼下加点食物。郑霏说：“他是我弟弟。”

“看得出来，有点像。”

“不是很像，”她喃喃道，“他像他母亲。”

小晋回来后，餐桌上依旧有说有笑的。

这天晚些时候，喝醉了的小晋打车先走，他第二天一早的飞机，眼下烂醉如泥。他把脑袋靠在郑霏的肩膀上，缠七夹八地说胡话。郑霏只是点头，一派长姐的细心，塞他进出租车时小心地不让他碰到脑袋。

我与她道别要去赶末班车，她说：“去喝杯茶再走吧。”

“你外婆该睡了吧？”

“她耳背，听不着。”

白天理了一半的房间，从沙发下找出的台灯凑合用。她烧水、沏茶，有条不紊。茶的清香，在夜半的空气里氤氲，时而响起她外婆的鼾声。

“以前他去学校找我，别人以为他是我男朋友。”她说。

“没有想象力嘛。”我开玩笑说。

她笑了笑，说：“我十二岁见到他，他从我收集的一堆纪念套卡里一眼看出缺了哪些，他送了我两套。我妈告诉我的那些，我也是半信半疑他们希望这么决定。”

我心想，父母的事不该由子女去拨乱反正，郑霏大可不必说出来。她继续道：“我梦想有个哥哥，很小的时候就这么想，大人闹得不可开交，有哥哥在就不怕了。小晋来家那次，他母亲病危，当时情况很不好，后来没事了……爸爸会去找她吧。”

我小声喝着不太烫的茶，说：“父母的事让他们解决，我们的事，自己想办法去面对。”

“有一段时间，我想过出家。”她缓缓地放下茶杯。

“为了……这些事？”我尽量控制语气。

郑霏沉默不语。我忽然明白她离开的这段时间可能去了哪儿，可既然她没有征求意见，我不便说什么。

“现在有了别的想法？”我轻声问，像是她熟睡的外婆会听见似的。

“我觉得什么都舍得，一想到有个弟弟，会忽然有些不舍得母亲，很多事也变得真实起来，可之后又想走。”

她究竟想要逃离的是什么？我以为很年轻的时候便向往一种远离尘嚣的生活，与历经沧桑之人是天差地别的。要是她和我谈论超脱的意识概念，我满脑子在考虑的只有待会儿打车回去要多少钱，聊不下去的。

任何出尘、不食人间烟火之念，不也抵不过每月的信用卡账单吗？

郑霏大约看出我并无深谈这个话题的意思，她在笔记本上找了段幽美的轻音乐。

我说:“我读小学时就认定了一件事,人死灰飞烟灭,没有来世,世界则继续，但再也不会有我。这么说吧，超过现实生活范畴的，我理解起来比较难。”

“你读诗吗？”

“不太看，看过一些古诗词。”

郑霏忽然一笑，说：“我这儿有本，你拿回去看看，下次你来喝茶，我们聊聊这个。”

我心里疑惑，伸手接过她那本有些重的书，其中夹了不少五颜六色的纸。我把书放进背包后，便告辞了。

穿过一排排白色路灯的高架，车在江岸左近停了下来。

夜晚的江面上，阵阵夹裹着水汽的风渗透进外衣，让人清醒凉透。

夜凉刺骨，晚上的湿寒让赶夜路的人冷得跳脚。我拦到车时，见那个身影依然对着江面，风吹得外套的大领子翻飞。靠着车窗上望，我看到郑霏房间的窗口，暖暖的灯光一团，像化开的阳光，只在午夜亮起。

她给我的书其实是本本子，很厚，分量不轻，琳琅满目，花里胡俏，是本手账，记着她的日常琐碎，还有那张地图。歪歪扭扭的手绘，很认真地画着她经常光顾的店铺和喜欢的食物。

在聊了这么多各种生活、家长里短的八卦后，没发觉她是个很在乎收集细节的人，和弟弟去看电影的票根；打麻将输钱在脸上画乌龟的大头照——因为画得不易辨认，还特地加上文字说明；一家人在外吃饭的账单上，用小字备注：和爸妈一起吃了顿饭，很开心……手账到她离开去修课程结束。满满的一本，全是开心的事。

我抱着手账本下车，感觉特别沉，也许我拾掇一下也能凑出这么一本，可我已经记不清了。她说什么都舍得，因为精心收集过这些不容易记住的瞬间，记在心里了。我记不清那些，仿佛很早之前就给出去了。

[情绪化的女孩]

家里实在太冷了，南方的零下六度。周围不少爆了水管的邻居在发愁，找人修要排长队等，修水管老板的手机一直在占线中。

我一口一口地喝着热茶，手上抱着热水袋，脚边开着取暖器。没用，挡不住深入骨髓的湿冷，寒气渗透过玻璃窗、窗帘，遍布整个房间。南方的屋子抵挡不住湿寒，在家里只穿一件毛衣满房间跑是不可能发生的，有取暖器也不行。

我从网上订了张电影票。没水的日子很难捱，水管爆了，卫生间也没水，两天打了五六桶水，洗澡是别想了，只能凑合着等到水管工来修。我换上厚厚的外套，出去走走。南方的冬天冷得让人心碎。

电影院里人不多。我选的位子在最后面，电影不好看还能睡上一觉，这里比家里实在暖和太多了。

也许是实在太暖和，电影院里没坐几个人，稀稀拉拉地散开。坐在我前排的两个女孩，从坐下起便絮絮叨叨地说着事，一个说，一个听，短暂的沉默后补充可能遗漏的事。

我睡了一会儿已经腿脚发麻，歪在椅子上无聊。电影也很无聊，讲着鬼也不信的天花乱坠。似乎没人关心剧情，玩手机、打瞌睡、聊天和专心吃爆米花，难得这么祥和的一派影院风格，没准他们也和我一样抵不住断水和低温的“考验”，到这儿来打发时间了。

有一会儿我听清了前排女孩聊的事情，说话的女孩清秀脱俗，听的女孩偶尔茫然地看着同伴，发出小小的惊叹“唉”。

好奇心起，我一边专心地偷听，一边梳理着大概的情形。

姬宛丘认识瞿洵是在一个很偶然的情况下。那天的夜晚很冷，她从二十四小时便利店里出来，看见一个对着公用电话厅在抽烟的男孩。

说他是男孩，起先她也是猜的，无论从身高还是举止，这个身影都超乎同龄人，来得成熟、内敛。

像是命中注定要相遇的两个人，彼此的第一眼都找到了某种熟稔。

瞿洵问她：“怎么在这儿？”

她用一种似乎相识经年的口气回答他：“偏巧赶上遇见你。”

他们是这样认识的。

姬宛丘二十三岁，长他一岁。瞿洵有个小他两岁的女朋友，叫白楚炜。

每隔几天的夜晚他们在街角见面，避开白天繁杂的人群，遥望隔岸的灯火朦胧，一爿星海，冗长、悲鸣的船笛。来得早时，还能看见镶着紫金边的日落。

瞿洵很少牵她的手，总是自顾自地向前走，沉默的时候专注于一个方向，这个时候的宛丘会观望起身旁的风景。

了解他就像了解自己一样，她说："你膝盖上的伤是为了什么？"

他答："小时候顽皮，给弄的。"然后他会很开心地笑起来，挠头的动作举一半放下来。于是她知道，他不是天真未泯的大男孩，而是生活着、经历着，还清醒着的男人。

二十多岁的年纪，算是有些故事的人了，关于那些不痛不痒的过往，宛丘不问，瞿洵更不提。

白楚炜是瞿洵中学时的学妹，楚炜是这么告诉他的。到底在学校的某条走廊、操场的角落有没有一个女生这样注视过他，瞿洵的记忆无从着落。

天下的事，大抵真的用了心，很少有不实现的。楚炜很关注他的空间主页，直到看见他加了朋友圈，又留下了联络方式，她几乎第二天就联络到了他。

瞿洵刚好和女朋友分了手，无事一身轻地过了那么一阵子，突如其来有个温柔女生说喜欢自己很多年，说起当初在学校里的情形，他恍如隔世般地居然也感动了半晌。

毕业后的这几年，甚至自己都不回想那段岁月，在尘世中打混着。彻夜不眠的狂欢，搂着抱着各色奇装异服的女孩，最后对自己也恨。夜深人静处，开始体会日渐苍老的心境，曾经沧海得不堪承受了似的。

他大约犹疑过，一个心心念念的小学妹，不用当真，不问结果，被人爱慕的感觉很好。

约好见面的那天，白楚炜说的第一句话居然是："你膝盖上的伤还在吗？"

瞿洵一愣，眼神笑了起来，对楚炜说："膝盖上的伤会陪我终老，幸运的是这几年它又多了几个兄弟。"

那时他喜欢受人注目，用沉默回应爱慕的眼神。她不关心他究竟喜欢哪一个女生，她只在乎能不能看到他，发觉他正在自己附近了，就会很开心，特别地开心。

白楚炜羞涩地告诉他，有一次在操场上，突然发觉他就站在身旁，一只手里抓着球，他的手掌很大，手指特别修长，难怪可以很轻易地抓球。他和所有聪明的男孩一样，这个时候只负责静静地倾听，心里很舒服。在女孩沉默的时候，适时地开口问："你现在怎么样？"

瞿洵没有对她的记忆，他只有现在，还有望不到的未来。白楚炜告诉他，她还在念书，去学校的路会经过他家门口。

不管怎样，他真是心动了一下。瞿洵试着去牵她的手，楚炜紧张地望着远方，忘了想要说的话。他抚过她的短发，抱着她，不想再听她说起从前。走进回忆里，总有个人如影随形，这些年好不容易抛开了，却因为她，再倒灌回心底，真不好受。

他的手掌很大，指节修长，有粗糙的茧，微温。白楚炜认为那时候的他，掌心是火热的，会坚定地拉着喜欢的女生，不是像现在这样，轻轻地，随时会放脱开。

我猜想那个说话的女孩叫白楚炜，她的同伴去洗手间后，她不停地刷着手机，社交软件逐个查看了一遍。我看不清她是否刷到自己想要的答案。她同伴回来时，她立刻放下手机继续她的话题，这时，她同伴似乎想说句什么，她立即摇头："你听我说，很多事我现在才慢慢想明白原因。"

小心翼翼地，我稍微向前倾，努力分辨在电影人物对话中她们的故事。

姬宛丘忍不住问他："那个夜晚为什么对着公用电话厅发呆？"

瞿洵说："想跟朋友说件事。"

结果犹豫了半天还是没勇气？宛丘若有所思地想，转而望了望他，没有追着问他未说完的话。

他们之间的默契是谁都不说从前，关于理想的、感情的，或者未来的也从不提。瞿洵的解释是，喜欢就在一起，很简单。姬宛丘的理解是，我现在和他在一起，他是我喜欢的类型。

感情没有道理可遵循，缺了热情的恋人，多了那么多理智和冷静，每一步走得那么对、那么正确，从一开始便要小心呵护。

姬宛丘能感觉到他内心的犹豫，像被人用细针在胸口扎了又扎，痛归痛，却不见血，坚定不起来。遇见命中注定的那个人，自己也无能为力，宛丘一直都知道他身边还有别人，换作别人，以她的骄傲早就掉头走了。

这一次，是她先舍不得。瞿洵的缺点不少，当他抽着烟一个人坐在黑夜里，她希望陪在他身旁发呆，她希望这个人只有她自己。有他在，心里是开心的。

瞿洵将远处飞来的球扔回去，那一刻，眼神很亮，仿佛来自过去的他。

宛丘在手机上写更新：要是我和他之间变得越来越难分难舍，一定是看尽了彼此的坏，还觉得对方最好。

宛丘问他："白天的时候你一定不是这样的。"

瞿洵笑了几声："人一多，我就觉得无聊，一个人待在窗口抽烟也很享受。"

"你不太像这样的人，你喜欢扎堆热闹，尽情折腾，没挑战的事做成了也没什么意思。"宛丘脱口而出，她把他形容成一个双重性格的人。

瞿洵听了，哈哈大笑。

对喜欢的人好奇，是不由自主的表达，像《重庆森林》里偷跑进梁朝伟房间的王菲。公众场合的他，私下的他，不为人知的他……女人总是好奇男人到底是怎么想的，他到底知道多少。

宛丘把想解释的话咽下去，靠着他挨近的身体。

那一晚，他吻了她，如恋人的耳鬓厮磨，两人一路往家走。她觉得像这样，代表了他的认同，她已经开始认真了，他应该也感觉到了他们之间不是闹着玩的。不论他是否回应，他们之间的事不是他一个人说了算的。

天空渐渐泛白，漫长的一夜。宛丘离开时，看了眼在睡梦中的瞿洵。他说需要一些时间，他要做个决定。她猜想的没错，一直有另一个女孩，那个不知在哪儿的对手。

瞿洵醒来时，宛丘已经走了，他站在窗口看着她离去。

桌子上有她留下的紫色发卡，闪着小亮光，他放进口袋里，又扔回桌上。

清晨的街道行人很少，慵懒是年轻人的，老人总是起得很早。

宛丘离开瞿洵的家，撞见夜班回来的邻居大妈鄙薄的眼神，一个女孩子，一大早从男人家里走出来，真是不要脸。宛丘涨红了脸，只顾往前走。

十字路口亮着红灯，她耐心地等着，微弱的阳光照出来，她想起昨晚和瞿洵像两个疯子般一路胡闹，一个追，一个跑，那些从前在她看来又蠢又粗俗的事，也发生在了她的身上。她在空间上更新：爱是疯狂的，没有体会过的人不会懂，找个人陪你一起犯傻。

她想起昨晚差点撞上一个行人，她依稀记得对方是个女孩，被吓了一跳，以为遇见了疯子。

前面有辆车停了下来，后座上的女孩轻快地跳下来，不自觉地向后看了看，又向前走。女孩很清瘦，纤细的双肩上负着沉重的背包。

姬宛丘估计她大约也就十七岁，那女孩一回头，更让人感到瘦弱、纤细，一双黑眼睛沉静忧郁，好奇地望了眼宛丘。在宛丘看来，那女孩就像从漫画中走出来的小女生，随时会追着一个帅帅的男生叫学长。几个经过的行人，也不禁多看一眼这个漫画女孩。

没走几步路，漫画女孩忽然回过头，她的眼神看着宛丘，似乎笑了笑。宛丘对被人看出了秘密心有余悸，像黄脸的邻居大妈，抓住一点小错处就不放过，满脸鄙薄。宛丘转过脸去，严冬的早晨又冷又提神。

拐过街角，路就叉开了，漫画女孩不见了，宛丘松了口气。

太阳从薄雾中露出脸来，宛丘棱角分明的眉目在阳光的照射下，感到一阵头晕目眩。她用手遮住刺眼的阳光。她和瞿洵认识这么久，很少在白天见面，夜晚总是神秘而不确定的，长此以往是肯定不行，她想要改变。

这么冷的天，阳光这么好，仿佛是要告诉她，感情上的炙热和严寒是可以共存的，他把严寒给另一个人，把炙热留给她。

算算日子，白楚炜已经很久没见过瞿洵了。他是个工作起来特别投入的人，认真到一切私人电话都不接。打给他，他也不会接，楚炜心里很明白。

交往之初，瞿洵不时会在周末去学校找她，接她回家，一路上商量去哪儿吃饭。她很安静，喜欢听他侃侃而谈，说工作、球赛、他的想法。他满足她对爱情的梦想，不是每个人都能和喜欢的人在一起。他会按时送她回家，叮嘱她晚上早点睡，不要总是很晚了还在追新番。

后来，瞿洵越来越忙，他总是很忙，很不耐烦她打电话发信息。

一个月没有消息，别人问起来，她笑着强撑，说感情很好、很平静。了解内情的朋友不忍心当面说。她找到了姬宛丘的空间，她猜到了所有的事。

等待不再有任何意义，她记起了手账。那些被他占满的时间，她需要理一理，清一清。一边整理，一边不甘心，她做错了什么，他为什么要这么绝？只有成年人才会傻乎乎地在感情上自以为聪明，他们总是觉得自己什么都懂。

某个周末，白楚炜从学校回家。她快大学毕业了，尽管看起来还是像刚入学的高中生，她变了，她身边的朋友也察觉到了她的变化，关心地询问她。

在车上，她听见一群学生在说班里男生女生的闹剧，缠七夹八地说着八卦。车厢里寥寥几个乘客，白楚炜离得最近，起初并没听清。这些年，她总想知道再多一些与瞿洵有关的事，养成了她对细枝末节的观察力。

女生们说着说着，陷入了为谁谁不再喜欢谁谁的惋惜气氛中，其中一个剪着俏丽短发的女生对着一个长发的女生说：“你气他，其实你更伤心！”一旁的女生们听了颇为领悟地点头。

白楚炜惊讶地瞥了一眼，她们恰好也看了她一眼。女生之间的话题，不论年龄、生活环境，懂得往往只是一句话。

白楚炜不甘心认输，她在空间里写：

生活不是光坐着等就会改变，也许生活会眷顾你一次，但不会眷顾一个坐以待毙的胆小鬼。

她下定了决心，这一次要去争取。

我听到女孩的同伴不时地叹气，感情泾渭不明时，连劝也不好劝。这个可能叫白楚炜的女孩，出神地望着电影屏幕，像是忽然发觉电影的精彩之处，她说：“‘你气他，其实你更伤心’，一点都没错……”说话声戛然而止。

电影终有结束的时候，我却无法知道她们的故事。骤然明亮的空间，让人感觉刺眼万分。

我听到她同伴在说：“回头去喝咖啡，今天要赶个地方。”

女孩脸上有些落寞，拉着同伴的手：“快滚，下次，不见不散。”

也许吧，不见不散。

[阴雨天的早餐日记]

有那么一段时间，我喜欢在仓促短暂的时间里写一小段心情文字，有时在地铁上，有时是等待班车或登机时，权限只有我自己能看。不用特意说明些什么，不用跟任何人解释。

进行中的琐碎

身体出现了不少状况，在电脑前写不了几个字，脖子就会要我的命。曾经穿插在生活中的几段过去，实在没法写在纸上，却总想找个机会，将它打印出来。

我们很寂寞，要以八卦、丑闻来调剂生活的乏味，而所有过着我们羡慕的生活的人，比我们更寂寞。

休息在家，只要脖子不疼，我就守在电脑前，守出一个未来，等着一个不可能。

我把正在写的一篇贴了一段在网页上，改了权限，博客很少人用了，想写什么就写什么吧，总之，因为还在继续下去，我还在写。

福楼拜说：写作生活就像狗过的日子。

比任何时候都害怕疾病，时不时想抓狂。

这一阵子买了不少化妆品，集中在眼线上，早上来得及就涂脂抹粉，有点迫不及待，好像那几年都不敢尝试的要补回来，皮肤要变得好起来。

信息化的生活给我新的向往和焦虑。

一缕幽香，是小倩

我喜欢显得喜气的颜色，喜欢绛素红，不嚣张地红着。

在还没有过完元宵之前，春节便不算过去。人们见了面第一句话是给彼此拜年，说些好听的话，平时看不顺眼的事在这几天里尽量不说，要真吵起架来，看热闹的人可多了。

我删了很多歌，从前的磁带扔得没剩下多少，有了新宠就不要旧爱了，当初竟然买了那么多磁带，现在的流行歌曲每一首都让我陌生。

好几次都想再去那条街上，或者拍些照片。氛围很旧，又恰好下着雨，怕打湿了镜头，只匆匆拍了数张照片，拿回家一看，效果不算太坏。

记得多年前这首《小倩》，王祖贤的歌，那时她和齐秦似乎正在复合，对专辑，业界一片差评。我喜欢这首歌凝造的背景，幽怨、空洞的声线，极致的哀伤，让人以为是爱情。仿佛是初见，幽怨的女鬼飘了出来，从此记住了她，小倩。看过那部电影的人，几乎没有人能忘记她，尤其是男人，一个风情万种、明艳脱俗的女子，像个暧昧的秘密，自斟自饮，喝醉了才会偷偷想起。女人，被定义了太多，终身美丽坚强就好。

假期空出大把时间的人，躲在昏暗的电脑房里，继续一如既往的生活。

一年四季，天天如此，每次我经过网吧看见大玻璃窗内一个个专注屏幕的电玩男们，不能不感叹，好专情。

睡觉前，我会看书，最近在看Jack Kerouac的《The Dharma Bums》，他的小说很难改编成电影，影像无法表述文字后的深意，语言无法说尽人们藏在心里的感情。

某个周末

屋外的雨在傍晚后愈渐大了起来，直至深夜，不打算停了。

很久没写过文字，这期间写了几篇日记，大约是怕忘了自己是如何荒废过又一年的，只不过换种记录自己的方式。我找不到好听、华丽的词汇形容生活，无聊、规律、按部就班……仍然钟意拿着笔推敲字句的斟酌。一个人为什么会对一件事特别执着，那就只能是发自心底的喜欢了，不用想得特别明白，不用跟人解释。

有次在学校，我拿着本明清小说在看，被同学笑话了一番，好像我是出土文物。

我们都寂寞，我们都想换个方式分享彼此的事，古人委婉地说，我们现在在主页上看别人直播。

一边上课，一边工作，听一个导师形容即将到来的一年“深不可测”。我想，是的，确实如此。一个人阅历足够丰富，能预见到普通人后知后觉的未来。

我可不打算做年终总结，也不希望每年过得大同小异。旅行、看书、追新番，即便成为网游玩家也不错。

人情世故，如荒诞的棋局，要有自我牺牲精神，把时间就这么消磨殆尽。

生活并未偏离应有的轨道。在路上，一段接着一段，有时候会看见几个同行人，彼此毫无瓜葛地聊上几句，继续自己的路途。

前几天看了《玛丽和马克思》，看完电影后忍不住想哭，究竟是童年苦，还是生活苦？你最好的朋友，你唯一的朋友，远在地球的另一端，二十多年的书信往来，他贴满了天花板，在阳光照射进纽约阴冷的公寓时，抬头仰望阳光，也就看到了她。即便是生命的最后时刻，马克思仍幸福地看着，嘴角带着笑意。

在路上想的事

时暖时冷之季，等待着假期。

每条路上都有固定的路线，明确的方向，我很少在街上闲逛一整天。糟糕的交通环境，拥挤到逼人的车厢，每天被来来回回地装来装去，镜子都长了皱纹。

气温还是很低，我一路上喝着热饮，走到家时已汗流浃背。

天早就黑了，一排坏掉的路灯坏得真是及时，我差点闻着麻辣香跟着两个拎小龙虾的人走错了家门。

总想找个假期出去玩一次，折腾了半天打折机票后，干脆放弃了。这几晚，我没有偷懒地写字，像是考前的学生，区别是从中还能获得乐趣。我不记得上一次为做某件事而欢天喜地是哪一年，专注地做一件事，一个人在灯下自由自在。

念书时为了应付随堂测试，脑细胞都花费在了要怎么得过且过。放下课本，拿起心爱的武侠小说那一刻，一天中所有的小别扭都能被抵消。周末，我打算去图书馆转悠一圈又一圈，想找一本有点意思的书，找到一本喜欢的书，就像等到一个欢喜的人忽然出现。

晚上睡下时，屋外又细细绵绵地下起了雨，出行计划又泡汤了。

八卦心

我一个人跑去小镇上住了几天，去之前再三确定是否提供免费 Wi-Fi，入住后发觉根本用不了。

明明想好了接下来几天安心写点字，这下可好，真的只有安心写字这一条路了。

一大清早，为了表达对没有 Wi-Fi 的抗议，我起很早去吃早餐，包租婆为住客们准备了十分丰盛的早餐，起得越早，东西越多。

我喝着热豆浆，靠在长椅上看风景，连着两天看到同一个男子肩扛双桨上岸，不远处一个身着黑衣的女子。黑衣女孩大概认识那男子，她望着他的背影似乎想追上前去打个招呼。

划船男子是隔壁旅店的住客，包租婆见他从店门前走过，热络地招呼一声：“今天就回去啦？”

划船男子笑着应了声：“假期结束了，要回去了。”

包租婆回进店里，对包租公说：“他要回去结婚啦。”

“你怎么知道？”包租公惊奇地凑过去问。几个吃着早餐的住客也八卦地伸长了耳朵，我也是其中之一。

划船男子来小镇住了差不多半个月，每天清晨，小镇上的人尚未醒来，男子扛着船桨去河上划船。划船不是这里的娱乐项目，他跟旅店老板租了半个月船，一个人，一条船，划船游河。据说他原本是要赶去参加婚礼的，去机场的路上车发生了故障，未婚妻家里突然要更改婚期，一度闹得很僵。

包租婆亲口承认，她有次听见划船男子在电话里跟人争论得很厉害，包租公忙问争论什么？包租婆白了丈夫一眼：“他讲的话我听不懂，一句都听不懂。”

听的人觉得很失望，继续努力听还有什么新内幕。

包租婆表情忽然变得神秘而暧昧：“今天早上穿黑衣服的，你看见了吗？”

“看见了，她住在前面一条街。”包租公莫名地看着妻子，“怎么说？”

“这两个，哼，”包租婆意味深长地拉长声音，“我看不简单。”

原本只当听个捕风捉影的八卦，这下愈发当真地来相信了。

有人补充道：“我见他们打过招呼，前天早上，他划完船上岸，那姑娘站在边上。”

“聊了什么？”另一人问。

“听不清啊，说得很轻，还真像那么回事。”

包租公怪里怪气地笑，包租婆不理丈夫，接着说：“他今天走，那姑娘是不是也退房就难说了。”

吃完早餐后，我在镇子里到处游逛，买了不少吃的，留着晚上当点心。差不多到中午时，看到黑衣女孩背着旅行包，站在酒馆门口拍了张照，拍完继续往镇外的方向走。

包租婆真是料事如神，我没看到划船男子。中午我随便找了家饭馆吃了饭，回房间放东西，听见包租婆在包租公说：“他未婚妻要来，他没走。”

“早上不是说要走了吗？”

“突然接到电话说要变，他未婚妻还带了几个朋友来，问我有没有房间。还剩一间大的，正好给他们。”

包租公只是摇头，他弄不懂这些变来变去的年轻人，拿着茶壶找人打牌去。包租婆在身后骂了几句，包租公辩解道：“我看看，不跟他们玩。”

我一下午都在房间打瞌睡，旅店柜台前闹哄哄的几个人，房间安排不过来。听见包租婆的声音在说："可以加床……对，对……"我从楼上的小窗口看了看楼下，几个衣着前卫的年轻男女等着入住，有人抱怨卫浴，有人觉得房间太小，然后，划船男子走了过来，与他们几个商量了一会儿，总算安排妥当。

平静的小镇旅店，忽然来了一群年轻人，变得像假期一样热闹。我走下楼准备去吃晚饭时，看见包租婆笑吟吟地拿了一瓶瓶啤酒给他们送过去，坐席间，划船男子与一个女子坐在一起，大约是他的未婚妻。

"明天一早就走？"一人问。

"待会去酒吧看看，看起来还不错。"另一个说。

"嫂子可着急你了，早就让我们一起来看看，你看我们这么多人来一次不容易，今天要去酒吧喝个痛快。"

未婚妻侧过脸，眼神注视着他，划船男子犹豫不决，在朋友的催促下，终于妥协："不醉不归！"

包租公漠不关心地看着，走出店铺与走来聊天的人低声说："前几天跟一个女孩喝酒，今天又换了一个。"

那人咧开嘴笑他："你是看不懂的，哈哈。"

夜晚的小镇，情侣、独行客到处都是，我找了个有 Wi-Fi 的咖啡馆，看见留言簿上有人写下：我希望有人可以听到我的声音，看到我的想法，并产生和我交流的愿望。

我看到句末写上的时间，与黑衣女孩离开小镇的时间恰好吻合。

平静中暗涌的情绪

有些事，赶早不如赶巧。

去咖啡馆喝饮料对我而言不是为了情调，因为突如其来的一场大雨。这么冷的天，没走几步路，一定会冷得感冒。

我转身躲进咖啡馆，里面挤满了人，谈生意、聊大事的男人，情侣们占着几个角落，独自来消磨时间的电脑男不时受着周围喧闹声的影响。

我找了个可能是唯一空位的位子，运气真是好，以往没空位都是在门口等，和附近遛狗的大妈大爷们挤在屋檐下。我郁闷地看着玻璃窗外，想象着如果我是那个想要安静环境的技术宅男，此时一定深感绝望。

一个女孩替同伴多占了个空位，起身和同伴招手，两人把想要的饮料、蛋糕比较一番后，其中一个去排队。新同伴坐在我身旁的位子，我从玻璃窗中看到女孩的长相，一时间觉得十分眼熟。

对了，她是上次在电影院倾诉感情问题的白楚炜，她化了淡妆，面若白瓷，头发比上一次短了不少。

她的同伴拿来饮料坐下，说着一会儿去逛衣服，忽然问：“瞿洵怎么样？”

她拿出本手账，给她同伴看，“最近记的就这些了。”

“你们还见面？”同伴平淡的语气有些惊诧。

她沉默地合上本子。我以为偷听得太明显，这里和电影院可不一样，于是拿了手机装出一副在认真阅读的样子。女孩似乎并未察觉，对同伴说：“我觉得我记手账，很大一部分原因是因为他，记着记着就少了。”

“这样很好啊，你该多记录自己的生活。”

女孩似乎认同了，飞快地翻完了一遍：“你听我说，是这样的。”

我立刻竖起了耳朵。

姬宛丘知道了瞿洵的一个秘密，她长得很像他曾喜欢过的一个女孩。

他否认了，他好笑地说她：“你们女孩子！”

这是他们第一次吵架。说完那句话，瞿洵立刻走了，他不喜欢解释，不喜欢哭哭啼啼没完没了。她忽然明白一个道理，女孩总以为赢了另一个女孩，就能留住喜欢的人，却不愿承认男孩并不是分不清，他们只是不想定下来而已。

眼前的男孩投篮姿势很像瞿洵，宛丘最近总能发现他的影子无处不在。人年长些，对感情的事不是更容易看得开吗？当初她是这么想的，瞿洵不提从前的事是因为无关紧要，他不说白楚炜的事是因为他无所谓，这个漫画女孩那天清晨忽然出现，一定不是巧合。

瞿洵是个自私到可怕的人，他无法理解别人，他是个彻头彻尾的自私鬼。

宛丘越想越气，冷不防被飞过来的篮球砸到。

篮下投篮未进，反弹后朝姬宛丘飞来，她猝不及防被砸了个正着，整个人一下子懵了。一群男生赶紧脚底抹油开溜，一眨眼，刚才还十几个人的球场走得干干净净。

宛丘摸了摸脸，嘴角被砸出血，脸上有擦伤，难怪那群男生吓得都跑了，大概除了担心赔医药费，更担心她以后要他们负责。她越想越气，恨不得跳起来就骂，自从认识瞿洵以后，她整个人很压抑。

一个男生迟疑地向她走几步："对不起，刚才的事……"

"你居然不跑。"宛丘捂着脸上的伤，奇怪地看向对方。

男生把球捡了过去，扔给等在球场外的同伴，他说："你没事吧？"

宛丘看着他，瞿洵比他大不了几岁，这个年龄的年轻男子都有着一种过于棱角分明的锐利。她仍旧捂住半张脸，真疼，也不知道有没有破相。

男生说他叫秦筱，大学毕业后考上了研究生，这个暑假学校组织了一场告别赛，和学弟们一起打球，他是后卫，是球队的核心人物。宛丘不太感兴趣地嗯了几声，秦筱说送她医务室，处理伤口。

宛丘古怪地看着他，“我没事，这点小伤不碍事，我现在想一个人清静会儿。”

秦筱笑了起来，“你来看我们的球赛吧，我请你吃饭，算作道歉。”

她想气气瞿洵，没有他，她还会认识别的人，要怪只能怪自己太死心眼。对秦筱的问话，她似乎没有听到。

“在等你的男朋友？”他笑了一下，“以前我也这样，心里有喜欢，可当认真交往了一个女孩，没多久就开始觉得烦，又想回到颠三倒四的日子，宁可浑浑噩噩。”

姬宛丘无言地看着空旷的球场，一个在路上走了很久的人，难免会想有另一个人同行。她对瞿洵越是执迷不悔，越看到孤独。

“不是，”宛丘迎向秦筱的目光，“球赛什么时候？”

秦筱缓缓地走近她，宛丘的眼眶中闪着某种让他心动的东西，他出神地看着她。

那天晚上，宛丘在空间里写着：我相信一见钟情的感动，不必解释过往的是是非非，只一个眼神便能懂得彼此心里的感受。

她知道白楚炜在看，她有些同情这个小女生。

穿着一身新套裙的白楚炜更显得纤瘦，背包扔在一边，地上掉了几本新书。她一会儿看瞿洵，一会儿看看窗外的雨，雨丝毛毛地冒着寒气，凛冽地刺入骨里，阴冷阴冷的。

她第一次来瞿洵的家，而且是在晚上，怪诞，暧昧不明。瞿洵一看竟然是她，面无表情地让，让到桌角，他背过身去。

小女生的执着是很惊人的，她们像最逻辑严谨的大侦探，当她们想知道答案，没什么能阻止她们。

“我想你了。”白楚炜干脆地说。

瞿洵专注地盯着电视，尽量开得大些声，他知道怎么拒绝。

楚炜心灰意冷，已经很少联系的两个人，她留恋的到底是无法对自己的一往情深交待？不甘心就这么结束？她还是要问：“为什么？”

瞿洵漠然无语，坐在窗口边，开始抽烟：“我有点事。”

她欲哭无泪，雨砸在他肩头、上衣，半边的脸湿漉漉的，氤氲萦绕着烟渐趋稀薄，楚炜看到一个身影在黑暗中坠落。

曾经想念满溢，曾经伫立街头只为了等着一个身影最像他的男生骑着单车飞驰而过，想象他的张扬，他的笑容，认定他们会再次相遇。

然而，她就像《蓝色大门》里的林月珍，爱情是别人的，她努力也得不到。

愔嫕之间飘来几缕音符，那些曾经剥落出丑陋的真相，爱啊、争执啊埋没在嘈杂的车水马龙之间。瞿洵的生活从未定格在某一个人身上，他疯狂体验生活的癫狂。

楚炜只认得记忆中的他，他不止一次无情地对楚炜说："你只记得过去的事！"那些他根本不愿记得的事，要她来提醒，她以为自己是谁？像白楚炜这样的小女生就喜欢一厢情愿，他讨厌女孩哭。

瞿洵忽然抓起外套往外走，他从自己的家里跑了出去，丢下她一人。

滴沥嗒啦雨敲屋瓦，韵律是没有的，屋里站着一个在颤抖着的女孩。

雨中的人一路狂奔，瞿洵决定对姬宛丘坦白一切，他从前爱过一个女孩，爱到伤了他的自尊心，否认多少次那些过去还是在，楚炜总是在提醒他的过去。宛丘是他喜欢的类型，他愿意为了她改变过去浑浑噩噩的自己。

去年他生日前，收到一条陌生短信：好像从没有走出过我和你的世界，拐个弯就能走到从前的学校，走在街上有时还会看到你的母亲，那会儿常去你家玩，你母亲会特意做几个菜留我吃饭。

瞿洵，我们之间不是误会太深，而是无法相处。我还记得从前，记得第一次遇见你时的情形，我希望永远只停留在那一刻。

“这个女孩是谁，姬宛丘？”同伴疑惑不解。

“我猜是瞿洵的邻居，他的初恋，小时候照顾过他，姬宛丘很像她……”女孩轻轻叹了口气，“他喜欢姐姐型的女生，成熟、懂事、会说话，他不喜欢小女生闹情绪。”

同伴拍了拍她的肩膀，试图安慰。

她说：“真的是这样，拒绝是字面意思的拒绝，没有优柔寡断的余地。”

“别这么想。”

“已经过去了，想清楚了。”

我撑着脑袋，尽量背对着她们，这样不容易看出是在听她们说话。店里喧闹的声音轻了些，店门外等得不耐烦的人冲入雨中奔了起来。

从学生到工作，这么几年，仿佛涵盖了一些人小半生。

她是邻家女孩，她霸道地要瞿洵每次都称呼她姐姐，瞿洵每次见到她都连名带姓地喊。

瞿洵一心热衷于篮球，在校内演出赛中，看到了场边一身拉拉队队服的邻家女孩，一身短裙，修长的腿。他投偏了球，女孩不屑一笑，讽刺说："投得真漂亮！"他听到了，回防时对着她说："腿真漂亮！"

瞿洵与人混熟不过几分钟，他不懂怎么表现羞涩。只一眼，像光束直照进他心底，她是他喜欢的类型。

这个球赛成了两人的红线，比赛一结束他直接找女孩告白，约她看下场比赛。

她笑了笑，"难道你们学校在招拉拉队队员？"

瞿洵问："你们学校招篮球队队长吗？"

女孩被逗笑了，她的笑在他看来耀眼夺目。看台的某处，幽幽的一瞥，瘦瘦的小女生张望着。

白楚炜多年后依然清晰地记得那段流言蜚语，两个都是各自学校里张扬的人物，每天都有新鲜八卦，她侧耳倾听着。有时候在校门口，有时候在路上，女孩憧憬的一切都在她眼前一晃而去，如银铃笑声，听着全是讽刺。

瞿洵有了喜欢的女孩，喜欢他的女生丝毫不减。楚炜是低年级的女生，她记得那女孩在校门口等瞿洵的那天，一身白衣短裙，修长、纤细的身影，皱着的眉头掩饰不住嘴角的笑意。

很多人的脸瞿洵早已忘却，他和那女孩分得轰轰烈烈，却记不住她的长相。

瞿洵一直在告诉楚炜，“你记得那么清楚的事，我不记得了。”

楚炜认为是他不愿再提，但她不会忘记，从看见姬宛丘第一眼，她便想起了瞿洵的初恋，他被她狠狠地甩了。那时的瞿洵用情至深，说等对方回心转意。等来的是女孩投入别人的怀抱，她对他说：“我不喜欢男孩。”

楚炜寻找蛛丝马迹，什么样的女生能这么干脆地甩了瞿洵？她找了很久，在几乎快要放弃的时候，她知道了一件事。

瞿洵的母亲并不喜欢儿子的女朋友，女孩比男孩大几岁尤其让身为母亲的不满意。表面上，每次见面都客客气气，直到有天瞿洵母亲数落了几句邻居女孩的穿衣打扮，饭桌上女孩觉得受了委屈，放下筷子说有事要走。瞿洵母亲扔了筷子，女孩表情极其尴尬，瞿洵父亲想帮着说几句缓和局面，瞿洵沉默不语，女孩最后是真的委屈极了，哭着走出了他的家。

“我不是生气你母亲说了什么，而是你。这才是你的本性，你自卑、骄傲，怕别人看穿你，你自以为很聪明，其实你是乖戾。你要为每一个逃离你的女孩鼓掌，你不配她们！”

瞿洵当时愤怒地踩烂了手机，像个疯子，这些话对他的打击很大，他一字一句都记得。

白楚炜最后一次见到瞿洵是在某个夜晚，他当时刚加完班，街上冷冷清清，空气湿黏黏的。

她向着地下铁的方向走去，路灯照亮一片街衢。他点着烟，缩着脖子。两人静静地看着对方，从彼此身旁走过。不知为什么，楚炜很肯定姬宛丘不会和他走到最后，女孩的傻，只是傻一时。

“唉……”楚炜的同伴发出长长的叹息声，“你现在也明白了。”

白楚炜的手账上划分了版面，画了漫画，简短的文字搭配胶片型胶带，每一帧画面都是她的故事。

我看得出神，她发现了，回过头对我一笑，她同伴拿过手账翻了起来，赞叹地说：“真漂亮，太美了。”

难怪，那些看似纠结、怪诞的青春，是文艺永恒的追问。

对称与寂静

怪癖是任何事都要对称，哪怕是做菜。

喜欢寂静，半夜里用耳机听死亡金属乐。

有艺术家气质的男生，不止是外形上不同，也可能从心底里就是不同。

诗铭在工作上有个经常合作的艺术系男生，主修美术，副业摄影。每次约好的摄影师无法赶到，她都找“巫师”帮忙，外号是诗铭取的，因为他总能及时赶去救场。

听说诗铭养了只小狗，她跟家里努力争取了很久才得偿所愿，我经常看她传照片在空间上，小狗非常可爱，她打算说服家人后再养只猫。

楼下等电梯时，一个中长发男子抱着一大包狗粮，起先我以为是女的，看到他手上的文身，觉得多半是男的。他和我同一楼，走在我前面去敲门，诗铭把门一开，招呼他和我进去。

巫师见她手上提着个笼子，一堆铺垫材料散在地上，“给狗的？”

“嗯，今天刚到。”她说。

我跑去看睡在纸箱里的小狗，诗铭一边清洗狗笼，一边说：“我早上进来的时候，听见说楼下那个怪大叔在找他的蜥蜴、蝎子，你上次说他养仓鼠？天呐，不会又不见了吧！”正在切菜的巫师很吃惊，握着刀柄的手险些切到手指。他说上次老鼠走丢时把他吓得够呛，他总觉得到处都有吱吱声，以为是幻觉就忍一忍，谁知去厨房热牛奶，被蹲在窗口的仓鼠吓得牛奶瓶打碎一地，大约整幢楼都能听见他的抓狂声。

我狐疑地看了眼巫师，他很认真地把头发夹在脑后，继续切菜，不一会儿发夹掉了下来。

我说：“我有个发圈，你要吗？”

他点点头，接了过去。

我发觉刀板上的每块蔬菜都是整齐对称，问：“装饰用吗？”

“做炖菜、沙拉。”他将切好的一部分倒进玻璃碗内，我把沙拉酱倒进去。

“要帮忙吗？”诗铭清完了狗笼，忽然向四周看了看，说，“我去柜子里找老鼠夹，家里一直库存充分，包括各种杀虫药剂。”

“你不要过来！”巫师拿着切菜刀说。

诗铭和我吓了一跳，她小心地移动位置，突然一声尖叫：“那是什么，老鼠？天呐，还有一只蜥蜴？”

巫师跳了起来，抓起锅子一阵乱拍，诗铭指手画脚地说：“在这里，不、不，跳到那边去了，啊！还有蝎子，天呐，为什么会有这么多这些东西啊！”我抱着玻璃碗赶紧跳到椅子上。

巫师吓得头发都快直了，脸色煞白，退到墙角又跳到沙发上，惊恐地瞪视着任何可能出现的老鼠、蜥蜴和蝎子。诗铭抓着外套和钥匙，一副随时准备撒腿就跑的样子。

巫师盯着她说：“不行，你现在不能走！”

“我去找，让楼下的人上来。”

巫师举着平底锅，不时挥舞一下，从地板逃到沙发上，眼神一刻不离地面，随时准备给出致命一击。我看着躲在门边表情怪异的诗铭，关键时刻三个人被仓鼠之类的吓得方寸大乱。

“现在怎么办？”巫师尽量冷静地问。

“楼下怪大叔养的那些怪宠物已经不是第一次走丢了，每次都吓得我要死，爸妈这次出去旅行了，你说怎么办？”诗铭看着我。

“需要交涉一下，不然……不然睡到半夜你会听见它在你耳边唱歌……”说错话了，诗铭瞪大了眼睛。

巫师突然身上奇痒无比，拿着平底锅的手一直在身上抓，他说：

"我们下楼去说，这些菜不要了。"

最终，我们三个人一起下楼，巫师手上原本备着平底锅，诗铭极力说服他放心，是去理论，不是去掐架。我觉得她的意思应该是，就算我们三个人一块上去打架，也未必打得赢别人。

诗铭拍开怪大叔家的门，对方饭正吃了一半，满口酒气，看到年轻女邻居拍自己家的门一脸惊喜的表情，仔细一看，还不止一个。再仔细一看，他眼神怪异地看着巫师，似乎在确认巫师到底是男是女，打了个饱嗝问什么事。

"你喜欢养宠物吗？"诗铭开口问。

怪大叔的嗜好之一是圈养怪宠物，听了她的话后满脸惊喜地直点头，以为诗铭有宠物给他，忙不迭地说："没问题，只要你不把它们要回去。"

"很好。"诗铭瞄了眼巫师，"我不仅养宠物，家里还放了很多老鼠夹和杀虫剂，你的蝎子、蜥蜴、仓鼠们都还好吧？"

怪大叔一听，脸色马上变了，酒醒了一半："这关我什么事吗？"

"我家里看到的那些不是你的？"

闻言，怪大叔咚咚咚跑进房间查看，过了好一会儿才返回："不是，它们都好好的！"随即，砰一声把房门关上。

垂头丧气地回到屋里，诗铭抓着长柄锅，巫师依旧一个平底锅，除了几把菜刀之外，我看来看去只有刀板最合适，不至于先把自己弄伤。

“怎么办？”诗铭问。

“看来你得外出几天了。”我说。

诗铭迟疑不定，身上穿着围裙，头发一团糟。巫师也没好多少。他说：“我替你拿了些衣服和日用品，去朋友家住两天？”我跟着点头，准备放下刀板马上就走。

她牢牢抓着长柄锅，说：“你能陪我暂住两天吗？”

我想着怎么回答好，毕竟我留下来没多大作用，抓不到仓鼠也不敢碰蝎子、蜥蜴，只能在她尖声惊叫的时候陪她一起喊。诗铭转向巫师：“你也留下来怎么样？”

一时间，我和巫师迟疑不决，巫师问：“两天后一定能抓住它们吗？”

“不知道，两天后我爸妈回家了。”

我放下刀板，心想算了，就这么豁出去吧。巫师差不多也是这么个意思，嘀咕着说：“原本我是来蹭一顿饭的，现在可以蹭两天的饭了。”

“你不是最近手头紧吗？口粮够你吃的。”诗铭又看着我，“你不是很积极地要看小狗的吗？现在可以看两天了。”

“哇，那你们现在是两女一男同一屋檐下，才几天不见，怎么发生那么大的事？”好友在线上含讥带讽地口沫横飞。

“不止三个人，还有不知在哪儿的仓鼠啊蜥蜴啦蝎子啦，谁知道到时候还有没有新鲜的。”我说。

“你们在野外露营？”

“在城市的钢筋混凝土里享受露营地的待遇。”

说完我就下线，让别人笑去吧。

晚上吃的是外卖，巫师在厨房里煮面条，他是食量惊人的瘦子。

大概是稍微有些习惯，这会儿已经不像中午那样大惊小怪。巫师找了首幽美的曲子来放，他说喜欢寂静的感觉。我猜他言外之意是不是嫌弃三个人太吵了，诗铭看起电视来没完没了，频道从头至尾换一遍，任何一部言情剧她都能看下去。我猜，她是觉得一个人的房间太安静了，需要很多“人间烟火”的声音来增加人气。我找到一堆巧克力，实在太甜了，看到巫师煮完的阳春面，一下子觉得好饿。

诗铭说起了她曾交往过的一个男友，两人是朋友介绍的，男生斯斯文文，戴着眼镜，看上去有点木讷，五官端正，是她喜欢的类型。

巫师忽然看了看她，沉默地继续煮面条。

她说：“有次我下班去找他，他家的客厅里坐着一个陌生人，大约是他的朋友，对方朝我微微一笑，那人长相清秀。但是，突然之间我意识到了一件事情，我从未想过有一天发生在我身上会怎样。他应该告诉我，我在乎他，真的在乎……"

巫师拍了拍她的肩膀："这件事他做错了。"

"要得到喜欢的人是很难的，他后来打给我，我没接。"

"你不想听一听？"

诗铭摇头："我不想知道。"

巫师将两份煮好的阳春面给我和诗铭，说："你现在释然了？"

我见诗铭默然无语，她翻出记事本，上面黏着张拍立得，她把本子摊开在桌上，说："这个就是他。"

我看了看，诗铭笑容灿烂地贴着一个眼神温柔的男子，男子看着她在笑，那种喜悦是装不出来的，我不禁感到疑惑。

"我上一个女友，我和她是滑雪时认识的，她很活泼好动，我喜欢寂静，我和她完全相反。我认为对称也是平衡，只要彼此能理解。"

"后来怎么变前任了？"诗铭问。

"有次出去采风回来，看到她和别人在吻别。她打给我，我没接。"

"你不想听？"我问。

巫师将刚煮完的面条倒入大碗，边吃边说："换成是你，你会原谅吗？”

“你不好奇吗？”我问。

“假如你并不会因此而原谅，为什么要给自己一个去相信的理由？这么想或许太悲观。”

诗铭若有所思地望着巫师，她幽幽地问：“你怕自己心软。”

巫师没有否认，他忙着吃面条。

桌上有饮料，我们三人各开一瓶，干杯当酒喝。

陡坡和长长的影子

住在诗铭家的屋檐下，每天有丰盛的食物。

我跟着巫师学做新菜，诗铭忙着在笔记本前赶工，同时讨论要把杀虫剂放在哪个位置。巫师劝她再考虑一下，以她的冒失很可能把我们都毒死，虫子们却一点没事。

说着说着，诗铭提到了她在交往中的新男友，巫师没好气地扔下菜。我说："你为什么不让他来陪你啊？这么大好的机会让给我们，两个灯泡啊！"

诗铭气呼呼地说起前些时候的事，两人认识了一段时间，不时为些小事冷战，男友的一帮兄弟隔三差五找他喝酒、看球。她觉得那帮光棍是故意的，好几次与男友约了时间见面，他喝得醉醺醺地来约会。

在彼此个人习惯上，扯上几句就能吵得天荒地老。男友憋着一肚子气，她一声不吭地失踪好几天，手机不接，消息不回，他完全不知道她人在哪儿。诗铭不喜欢他的一帮兄弟，男友不喜欢围绕在她身旁的一群中性气质的艺术家。

诗铭火冒三丈，咬着牙瞪他，人在愤怒时真的是恶向胆边生，说话口不择言："我不是来吵架的，不是！"

男友稍微清醒了些，面对怒气冲冲的诗铭，他无声地叹息。

这段恋情之前，诗铭流连各处派对聚会，每个周末连番上演，通常还得赶场子似的兜着转。朋友们见面劝她少喝点酒，多保养皮肤。

诗铭认识她男友那晚正和朋友打赌，她拿手机闭着眼睛旋转一圈，任意拍下一个人的照片，她就去亲吻对方。她喝得有些醉，立即站起来自转一圈，快门一按，朋友们赶紧凑上去看拍了个啥。

"没准是猥琐男。"

"如果是女的呢？"

相片上一片模糊，依稀可以看到一个被拉离的身影来自舞池的某一角，使人感觉每个深色上衣的人都可能是，诗铭眨巴了下眼："会不会是那个？"

她指着一个正走向后台的身影，是个身着深色外套的男子没错，大家把脑袋凑在一起等那个身影回过头来，等了半天，那个身影还在和人说话，看情形简直可以说上一晚上。

“要不要去呢？”一人问。

“这是赌注啊，不去亲人家，你就组织我们去旅行，等着我们艳遇回来秀恩爱。”另一人老实不客气地说。

诗铭喝下最后一口马提尼，一副豁出去的表情：“管他是Gay是怪咖！”

她径直走向那身影，在就要拍到对方肩膀时，那人似有所察觉，转过身面对她，脸上带着似笑非笑的表情：“找我？”

她点点头，要不是喝得有点步伐不稳，她非得摆出个撩人的姿势不可，她没怎么注意看对方的长相，眼神乱瞟，刚才和他说话的人去哪了呢？到底哪个好？看起来都差不多。

“我和朋友们打赌你可能不喜欢女孩，但我觉得不是，你想证明一下吗？”尽管喝高了，她的反应依然迅速又机灵，只见对方咧开嘴地笑，眼神特别亮，目光一刻不离地打量她：“你认为怎么证明才行？”

“首先，闭上眼睛，撅起嘴就行，然后把头放低些，对，再放低些，你可真够高的，就这样。”诗铭说着，凑上去在他嘴上亲啄了下，然后立即退开。

他睁开眼时，握着她手腕，笑道：“就这样？”

“已经证明过了。”诗铭笑得不太自信，是不是玩过火了，她真该少喝几口，现在脑子里一团乱。她必须尽快离开眼前这个人，他看起来很讨厌。只是一个仓促的轻吻，她却有种被抓住把柄的感觉。

他抓着她手的力道恰好，修长的手指抚过她的指节，握住她的手，俯在她耳旁说：“那根本不算接吻，不能证明什么。”他捧着她的脸颊深吻，她能尝到他口中辛辣呛人的龙舌兰，还有他身上的气息。

最糟糕的是，她晕得天旋地转，要不是对方扶着她，她很可能直接坐在地上。她发觉自己正抓着对方的外套，不好意思地笑了起来：“我打赌赢了，朋友们在那边。”

他笑了笑：“我见过你几次，在这儿。”

“幸会，你以前见过我？”她惊讶。

他对着她微微一笑，扶着她的手没有放开。诗铭急着去找朋友，跌跌撞撞地往前走。

另一边，诗铭的朋友们都伸长了脖子在等，对她非常服气。

诗铭没告诉她们的是，宿醉差点要了她半条命。

“你从没说过是这么浪漫的认识方式啊？”我笑着说。

“我搭他的车回家，摩托车！他那天去酒吧找朋友聊事情，就这么被我打扰了。”她笑嘻嘻地说。

“他不会介意的。”巫师冷不丁地说。

“可他的生活习惯我很介意。”诗铭沉闷地说。

男友家里桌上的烟灰缸总是满的，烟灰散在周围。他烟瘾不大，自从他父亲几年前得了肺癌死里逃生，他便发誓要戒烟，没有戒掉。

“二手烟更加有害。”诗铭劝他。

“无关紧要。”

他神情倦怠，并不想多说什么，眼里布满血丝，每当这个时候诗铭会感到心疼。

“演出怎么样？”她问。

他没有回答，他的眼神仿佛是从很远的地方看着她，他是追逐梦想的文艺青年。诗铭喜欢文艺，也常跟艺术工作者打交道，但她骨子里是个天生的现实主义者，再美再好也不会考虑不切实际的事情。她和男友在生活、想法上诸多不同，刚认识时谁也没有在意这些事。她比较关心的是他手机联系栏里有多少个女孩。

他带诗铭参加朋友的婚礼，提到了他母亲想见见她。诗铭当时吃了一惊，她一方面有些惊喜，另一方面觉得是不是太快了点。

她轻声问他：“出了什么事吗？”

他的目光黯淡了下来，仿佛被一个抽走阳光与空气的植物，诗铭心里有可怕的预感，他将告诉她一个坏的消息。

“家里总是担心父亲的病复发，怕来不及……”

诗铭握着他的手，眼泪掉下来。

“他很自责，常说自己感到无能为力。”诗铭道。

三个人的屋檐下，突然太寂静了些，地上拖着长长的影子。

巫师问她：“你想和他一直好下去吗？”

“刚交往的时候，没想到感情会这么深。”诗铭道。

“是……是因为愧疚吗？”

诗铭沉默了好一会儿：“我并不是想做个好人，现在我在他身边，当自己是个普通朋友也好，陌生人也好，我只想陪着他，无论以后怎样。”

房间里充满了忧伤的气氛，巫师默默地看着她，我对她说：“你三更半夜说这么伤感的话干吗？谁不知道你就喜欢帅哥，想让大家嫉妒你？好过分！”

她笑了起来，巫师似乎眼眶红了

第二天一早，我发觉诗铭的眼眶有些红肿，她用粉底和眼影遮掩，还是被巫师逮了个正着。

“怎么了？”他问。

“没睡好。”

“眼睛又红又肿，你哭了？”

诗铭眼眶红了，我拿了盒纸巾给她。我隐约记得快要天亮时，她接了个电话，之后听到一阵小声啜泣，我以为自己听错了。看她的表情，我猜想和那个电话有关。

“他打给我的，”她缓缓地说，声音又沙又哑，“昨天半夜里他父亲过世了，在睡梦中走的。他说自从他父亲生病后一直忍受着巨大的痛苦，他唯一能做的只是看着，看着从小对他最严厉，在他眼里最坚强的人在他面前一天天虚弱下去，这比死还难受。最初得知他父亲的病时，他感到愤怒，为什么这不是发生在别人身上，为什么从未有好事在他身上发生，他却要承受这种痛苦……”

巫师与我面面相觑，我们都不知道要怎么安慰一个伤心的人，我真希望他是个会魔法的巫师。

“他说他小时候和父亲去爬山，爬过一个个陡坡，每一次他想放弃时，他父亲对他说，每过一个陡坡，你就越过了一个困境，当你越过五十个困境，会有个幸福在等着你。他问如果没有怎么办？他父亲说那就再爬一个，接着又一个，最后会有一个大幸福等着他。他说他现在相信，每一个困境都是最温柔的痛，教会你看清，也教会你人生。”

巫师握着她的左手，我握着她的右手，她闭上眼点点头，眼泪划过脸颊，滴在地板上，滴在长长的影子上。

世界越悲伤，我要越快乐

那个骤然的哭声，撕心裂肺。我从睡梦中醒来问母亲，谁在哭？母亲很快说出那家人的门牌号，那男孩的母亲去世了。

我愣了一下，生死匆忙，许久不见，即便邻里也是转眼之间的最后一面。转过身后，悄无声息地不被想起。

“听着真难受。”我说。

“是很难受。”母亲叹了声。

“那女人命真苦。”我不知要怎么形容，人生一世，纵然姿态万千，某一时刻只能代表当下，难以言尽其意。有人哭她，只因还有人为她的离去真的痛彻心扉。我能听出那男孩哭声中的痛苦和对未来的茫然。失去母亲，是最大的悲伤。

成年之后，变成符合社会、他人眼中标准的职业人，越来越少期待感情的纯粹和不求回报。一些人继续在成长、成熟的路上挣扎往前，另一些人则永远不会爱上除母亲之外的人。

“是啊，生了这个病，也拖了很久。”母亲调低了电视音量。

“什么病？”

“肝脏上的病，有次一个邻居看见她的脸又黄又瘦，问她怎么了，很久没看到她了。她说在住院，住了两个多月。”

“她儿子住校，还有人照顾她？”那女人有过丈夫，很多年前便离了，表面上三口之家还住在一起，是因为离婚后她无处可去，每天还是和儿子与前夫同进一个门里，各过各的。我疑惑她前夫是否去看过她。立刻意识到这是个傻问题，她前夫是个连自己也无法照顾的人。那男人在附近算是挺出名的，长得神似某个音乐才子，听说年轻时确实皮相不差。我大约看到得晚，从来只见他吊儿郎当地趿着拖鞋，穿着睡衣走街串巷，他因为“懒”而名声在外。我印象深刻的不是“懒”，是他与那女人很多年前的一次次大打出手。

那时，我还在念中学，不时因半夜里鬼哭狼嚎的叫喊声而胆战心惊，那女人每次哭到最后拼了命地扯嗓子喊“要杀人了，要打死我了”，那男人照旧拳拳到肉，沉闷的声音，还有孩子的哭声。尤其有一回，半夜一两点又不知为什么打起来，那男人拖着女人打到门外，邻居们都醒了，哭声凄厉，叫人头皮发麻。

母亲赶紧推醒父亲，她先披了衣服要出去，父亲说：“你别去劝，我去，这样要出事的。”父亲赶紧披上衣服出去。一出门，外面已有不少邻居围着劝，居委会的人很快被叫来劝架，任谁都听得出，这架再打下去，别说被打的人，听的人也要下去半条命。

矛盾闹得要拳脚相加，除了生活习惯、脾气性格天差地别，是不是还因终于看清对方的面目和婚姻的真相？他们是怨偶，是仇人，是看穿性别与身份龌龊的成年人，不再遮遮掩掩对他者的困惑和好奇。

另有一次，那男人拖着女人在家门口倒在地上打，把那女人的衣服撕了，周围的人劝，孩子在哭，才刚三岁左右。我和邻居女孩耳闻目睹了男女用尽最坏的话骂对方。

邻居女孩说："他们的儿子以后要么很聪明很努力，要么就受他们影响太深。"

十多年过去了，打得惨烈的两人早已离婚。也有说那女人想过要复婚的，男人不肯，觉得就这样蛮好。

生活就是一笔流水账，凡人怎可能算得清？我只在听母亲偶尔说起"那女人命真苦"才想起过去，陈芝麻烂谷子谁高兴记得清楚，尤其是没有多少幸福的日子。

我不知道那女人是否开心过，她是一个妻子，一个母亲，一个想要幸福、安定、婚姻完整的女人，嫁了比她小几岁的男人。听父亲说，那男人不仅懒，还特别邋遢，垃圾放在门口几天几夜不扔，住在隔壁的邻居实在忍无可忍替他扔了。那男人是独子，有几个姐姐，小时候由他奶奶亲自带，娇惯宠溺非常。大概从前过苦日子的人对溺爱都持有反感，邻里们对那男人都颇不以为然。他养不了家，赚多少钱都花光，在外明的暗的有女人，夫妻吵架时，那女人一声一口地揭他老底，他回敬过去：“你有人要吗？”

我们从影视剧中看到所有生活、爱情的美好和动人心魄。现实中的反转，只有充满人间烟火的灰烬。

要真的就此泯灭了，反倒好些，可这不死的欲望，只让人如履火山口。

那女人想再嫁的，想要重新过上好日子的，可她带着儿子，年纪不小，相貌一般，找人结婚后住哪儿？何况，就是找到人，男方未必是肯结婚的。

我试着咀嚼母亲说的“那女人命真苦”，她去世前一个月还在替儿子缝制被褥，那男人不管事的，他自己有一顿没一顿过潇洒日子。那女人去了，她儿子的凛冬便来了。

她是在过年前走的，头七做完，丧事便结束了。丧事是那男人操持，好歹夫妻一场，也没别人了。

那女人娘家是有兄弟姐妹的，早年因为分房子的事，她兄弟把她赶出去，据说她妹妹会照顾她儿子。人走茶凉，以后的事谁也不知道。

十个月，年头到年尾的时间，那女人走后，那男人没多久有了新的女人并住了进来，那女人生前装修一新的房间本来住着她和儿子，现在是前夫和另一个女人。她儿子一个月回家一次，见不到父亲，没有等他的人，没有饭菜，一个人叫外卖。

“那男人不回家了？”我问。

“他去女方家里，一到他儿子回家就这样。”母亲说，每次看到那男孩独自叫了外卖在吃，她便会叹息几声。后来的一次，母亲说那男孩当兵去了。

“不念书了？不是还在念书吗？”

“哪来的钱？”

“他母亲没留？”我一想，那女人去世前一直在生病，能留多少？依靠男孩的父亲是痴人说梦，那男人有几个钱花几个。

“谁知道。”母亲说。

一个人的生活看在旁人眼中是命苦，不仅仅是生活的境况。要说真的富裕，符合条件者是少部分。人们只是热衷在过得去的生活中，尽量体面地表达出来，借以回避生活中真正冷酷又无可奈何之事。没话找话是避免真实的尴尬之一。

人的经历、阅历足够了，越来越看清彼此境况的不尽如人意，世俗、人情世故和看似的冷酷，而保持沉默，也许是最后的仁慈。

“我觉得她命苦，她好像从来没有过得称心。”我说。

“是这样。”母亲说。

女人不论性格温柔或强势，最终都是希望找到某个人过称心日子的。那女人不是逆来顺受的脾性，她长得不瘦弱，身形高挑，和她前夫身高差不多，平时也是个比较来事的脾气。邻里间时常能听到她大声跟人说东道西、开玩笑。一些人看着不乐意，觉得她和自家男人玩笑开得惹人嫌疑，一路指桑骂槐把自家丈夫管住，平时场面上，彼此都波澜不惊地继续谈论菜价。

离了婚独自抚养儿子，她依然积极奔着美好生活而去，不管是对儿子的希望，还是她自身的现状，与人聊起儿子时的满足，和每个寄托满腔心思的母亲一样。也因此，这些便成了她一生的全部。

语言的无力之处在于，我们浪费了大量的精力和脑力去掩饰我们真正的想法，而当有人试着去打破这种约定俗成，会把身边的人都吓走，越亲近越如此。所以悲剧加上时间，让人学会了自嘲和喜剧性，让脆弱、敏感的成年人躲在笑脸面具后，避开转过脸去的眼泪。

他者的悲剧，是她已经吃了那么多的苦，却什么偿还都没有，仍然是身份可疑的“他者”，没有归属，没有被同类认同的身份。那些当初看起来能给予她一生安稳、保障的东西，都没有帮她实现。至少她还有个儿子，有个相依为命最亲的人，她只要等下去，终有等到的一天。可依然没有，她甚至不能看到儿子毕业，便走了。她一定是争取过的，没有那些真真假假的传言，她也不是从此以儿子的幸福为整个人生目标的母亲。

从英雄的身上，平凡人攫取所有必备要素，加以分类筛选，希望从中能找出拯救自己的出路。

英雄是《永不妥协》里的茱莉亚·罗伯茨，是《百万宝贝》里的希拉里·斯万克，是《女魔头》里的查理兹·塞隆……

平凡者如我们，没有他日的偿还，在奔往出路的半路上，一些人过早地就此缺席了。

第 二 部 分

Part 2

[永不结束的夏天]

很多告别是突然之间的，很多离别是若干年后才知道的。

依帆去世的消息很多人是好几年后才知道的。

她和朋友几个去旅行，决定一个人去海边小住，她为家人安排了几天后的机票，她搭乘的飞机失事，遇难。

我听小柏说时，恍然如隔世，我对依帆的记忆不多，那个悠长夏天，很少的认识的、不认识的年轻人都成了朋友。因为一场台风袭击，我们住的地方断水断粮，大家纷纷把自己仅有的东西都拿出来清点、均分，等到一切恢复如常。

我认为二十岁时的青春要尽可能地过得精彩些，就算不能也没关系，多认识几个新朋友，听听不同的人生。到后来，我们每个人都会越来越只相信自己愿意相信的东西，生活必然会走向无趣，明星艺人也不例外，衰老、感知丧失是永恒而不可逆转的。

我不知道小柏他们在惊闻噩耗时最先会想到什么，他说感到了生平第一次的挫败，竟是无力地垂着肩一路走去爷爷的住处，将他接回家。他爷爷一个人在公园里下棋，依帆的爷爷没有来。计划好去旅行持续梦想的人，有人放下了行囊，去送了依帆最后一程。

小柏和依帆是最熟的，他说他每天感到犹疑、惶惑，仿佛一幕幕影像，企图寻找出一帧遗漏的画面从而提醒他不能承受的事实。有个女孩给他买早点、午饭，每天他们一同回家，可说不上几句话，女孩本就沉默文静。他休了一次长假，每天把自己关在屋里，他爷爷从不过问，老人家什么都看在眼里。有一天他爷爷递给他一个包裹，字迹是那个女孩写的，里面有封亲笔信，写着：

“我想了很久，还是决定离开一阵子会好，你从来不需要人安慰，高傲又自负的犟脾气。在你身边，每天都是两个人的无能为力……你不是不在乎，决绝是你表示伤心的方式，因为你不愿意认输。两个人如果太熟，没有揣测和迷惑，是朋友还是恋人？

我想着，我们总是会走到一起的，可要绕很多弯。如果你也感觉到了我的迫切，你会明白我的离开。现在，我们天各一方，为自己打拼。当哪天累了，我们还能找到彼此，那时候，或者还能有一点真心，可以来细水长流。”

这封信，小柏一直都收在抽屉里，这以后，每隔一段时间他都会写封信给她，未知的距离延续了他的怀念，没有收件人的地址。

我问他:“为什么现在想说这些呢?十几年前的事啦。”说出口,连我自己也吓一跳。

小柏过去是个白白净净的男生,很受女生喜欢,依帆与他是青梅竹马的恋人。不认识的人一看,也觉得他们是一对,笑起来的嘴角很像,都说相爱的人会越长越像,看来是没错的。

就是这样完美的恋人,在毕业前夕,各自另有新欢。

“我下个月结婚。”小柏翻了张照片给我看,一张年轻、清秀的脸,有些神似依帆。他似乎知道我在想的事,很快收了回去。

女孩叫纤纤,她是二十岁之前遇见小柏的,小柏年长她八岁。

起先,他们只是在这座城市的某个边角上相遇,每个清晨纤纤会在同一个早餐摊,隔三岔五地会看见小柏。她不是个会对陌生人特别注意的人,小柏看起来也是这样的人,这让她有了几分亲切感。

八点半前的办公室,空无一人,通常她是第一个到。一份早餐,一份牛奶,乐于享受一天中难得的安静。第一次是偶然,当她确定在这个点能遇见同一个人时,准时成了她每天醒来的动力。

纤纤二十三岁时,把小柏带回家给家长过目,他沉稳、内敛、成熟,她的父母亲见过小柏后,一致赞成女儿早点出嫁。

小柏的外表,比她从前喜欢过的人木讷些,他不是男孩子,不会由着她的性子来。她知道,小柏有时把她当妹妹看待,他知道她的心思,她永远猜不透他在想些什么。

“现在觉得哪里不好？”我问。

小柏没有闪烁其词，从前他会说很多讨人喜欢的话，他并不滑头，但很会运用自己的优势。依帆的去世，对他的打击是难以想象的，我和他的聊天也总是在尽量避免谈到。人们能忍受虚假的狂笑，谁会想要面对真实的痛苦，尤其是痛苦从来没有过去。

“我爷爷说让我再考虑一下。”说完，他点了支烟。

“你父母的意思？”

“他们忙着自己的事业，我从小由爷爷一手带大，他的意见我才会看重。”我有时觉得他过去的可爱，是他很早就看透了成年人的弱点，他爷爷是个老知识分子，沉默寡言，从他的形容中，我猜想他爷爷一眼看出了藏在纤纤身上的影子。

话题越说越远。如果不是在街上巧遇，我可能永远不知道那个夏天后来的事。我问起当时这个那个的近况，小柏擅于处理人际关系，大多数人他还有联系方式，现在大家也很少说话，在朋友圈里查看下对方是否还活着，不用等过了十几年才错愕。

“你觉得呢？”我说。

小柏眉头皱起，他的眼神仿佛回到了那个夏天，高温天气忽然被一场台风浇灭，没带保暖用品的七八人围坐一团，把背包里能找到的衣服都穿起来。小柏把自己的 T 恤借给女生后，他不得不把刚洗还没干的衣服穿在身上，冷得喷嚏连连，依帆把烘干的毛巾给他裹上，他入住的时候有些感冒，这么一折腾，当天夜里发起高烧。

这件事成了躲台风的小插曲，每个人把自己携带的药物给他，让依帆决定给他吃哪种。小柏高烧神志不清，没人听他的话，他躺在沙发表示抗议也没用。

我的包里找不到药，把一瓶花露水给依帆，能驱蚊也是好的。有人提议可乐有止咳作用，立刻被人反驳，可乐是在配制咳嗽药水时发明的，但不能在咳嗽感冒时喝，会咳得更严重。反驳的人大家喜欢叫他大胡，他姓胡，很有责任感，大家都很信任他。

“大胡现在自己管理公司。”他笑着说。

“他是个很大气的人。”

“他第一个知道……他当时负责打电话通知，他奔前奔后帮忙。”小柏的声音低沉了下去，像是被调低了音量的收音机。

我记得大胡喜欢依帆，他这么沉稳内敛的男生，不会很鲁莽地表现出来，每次依帆有什么事，大胡是第一个发现的人。我忍不住猜想，依帆和小柏分手，她是和大胡在一起？二十岁时，女生喜欢帅气幽默的男生胜过一切是很自然的事。依帆若是为了大胡离开小柏，他们之间的问题比旁人看到的严重得多。

女孩最终会成熟的，依帆认识小柏这么多年，对彼此的缺点太了解了，大胡的体贴、稳定也许是她更看重的。

无论如何，这些问题不可能知道了。小柏的眼中无疑充满哀伤。

他仿佛还未从那个夏天过来，他还在台风天气的旅馆沙发上，发着高烧，说着梦话，大家轮流照看他，握着他的手忧心忡忡。

“大胡去年结的婚，上星期生了个女儿，我去看过他们。”小柏勉强笑了笑，他需要转开话题。

“你也快结婚了，很好啊。”

小柏迟疑了下，说：“你猜他给女儿取了什么名字？”

我相信那些古老、庸俗的情节在现实生活中每天发生，人们需要一些怀念的东西，精神上的依靠和信赖。我装作不知道地摇摇头，小柏轻轻道：“依帆。”从小柏谈起大胡的神情看，他和大胡化解了过去，默契是转眼之间的一笑泯恩仇。

“他会去参加你的婚礼吗？”

小柏收敛了脸上的笑意，慢慢地摇头：“他和妻子正准备移民，他说女儿叫依帆，我决定去看望他们。我和他也快十年没见面，他变化不小，比以前稍微胖些，他妻子比他小两岁，很漂亮。”他陷入了自己的回忆里，喃喃道，“我记得当时发烧，依帆一直守在旁边，我闭着眼睛，但我能感觉她的眼神，她——”

他努力地回想，却怎么也想不起来。

“她随时都在替你换毛巾，她……她担心你烧坏脑子。”

小柏无力地一笑，眼神望着不远处一群学生，目光不离地望着，嘴角渐渐地皱起，想笑，却笑得比哭更令人心碎。

[书与栖息地]

全集与个人

作家的个人全集里，简·奥斯汀是我最早收全的。我想过收齐很多别的作家个人文集，却总觉得能再等一等。

07 年时看了电影《Becoming Jane》（成为简·奥斯汀），边看边对照着书中的情节，那时候的英国正把军队派往世界各地，英国国内一派祥和的乡村诗意。奥斯汀从不在小说中谈论任何“男性的话题”，但会在书中从对男性角色的背景大约描述一番，细节上运用写实的手法十分微妙。时至今日，人们仍然追着她不是偶然，只有生活才是人们永远关心的事。

过去我喜欢看武侠，看完了几乎所有古龙的小说，他的武侠世界仿佛是个异世界，与现代人的生活休戚相关，穿着古人的衣服，喝酒、风流、快意恩仇，心里藏着巨大的悲伤，他笔下的人物总是透着股挥之不去又念念不忘的伤怀。那么多人喜欢金庸，看过由他原著改编的电视剧，读完金庸武侠全集的人也不少，忠实的读者甚至会将前后的版本做对照。我过去看过的版本，基本上以宝文堂为主，文字一改再改后便不再看了。

文字不一定越改越好，然而十分能显示出写者的内心或下意识的意图，读者会在细节上推敲究竟。金庸的小说文字不是不好，是渐渐看懂了人情世故和历史史实后，明白了他对材料的取舍，有取舍就会被扭曲。

擅于写传奇爱情的人，对时间有异乎寻常的敏感，人在巨大的潮流中看清了身处的这个世界，爱情与死亡是永恒的主题。

翻过去写的文字，我觉得很羞愧，写得不仅幼稚，还有那种茫然的乐观，像极了脸上挂着傻笑的无知者，以为自我的忧伤能被别人拯救，以为符合每个爱情故事中女主角的设定，一切会被偿还。人不是在走了很远的路才找到自己的力量，而是不愿使用这种力量表明自己的身份。总以为，柔弱、忧郁、善良……这些好品质是幸福美满的条件，于是每个人看起来差不多，每个人也没那么重要。

因为，我们寻找的东西，无法用这些条件去兑换，越是和爱情有关，越是如此。

我经常给别人推荐《首席女法医》，追了几年，市面上的基本都看过，爱情与罪案，细腻的描述语言，错综复杂的人物关系。欧美小说里那种剥离幼稚初始化言情剧的写实性，与我们生活的这个世界更接近。阅读一个作家的文集，会有一种了解她语言、逻辑中隐含的表达，有时不是在看小说的本身，而是猜测：下一个情节，是不是我想的那样？

欧美的一些悬疑作者，比较热衷于以他们生活的城市为故事发生的背景，作者将自己藏在某处进行侧写，读者看到了他笔下的世界，也看到了他们的生活和风土人情。他们热衷于描绘城市的历史背景，尤其是小城镇。

有一阵子我喜欢读诗词，韵味缭绕的音节和意境，当初喜欢上王勃王子安的一首《山亭夜宴》，干脆用来作笔名，一用十年。

我喜欢纸质书，拿在手上很实在，买了一堆堆的新书，没地方放就干脆放在地上，想看哪本伸手一拿就成。桌子从来没怎么整洁干净过，在一团乱糟糟的书与纸之间，寻找可能在某个角落的哪件东西。

每当看到影视剧里出现一排排书架和堆成的书山，总有种莫名的好感。欧美影视剧中尤其注重在家的环境中添加这一“装饰”，深色的木质架子，新旧混合的书籍，只要不扔掉，可以一直传下去。

夜读

我晚上看小说，关了电脑屏幕，开一盏昏黄的小灯。

要不时地与身处的这个世界保持距离，空出精力去看看别处。

应酬饭局、喜宴，充满人间烟火的喜气，饭桌上人们谈论结婚生子，调教未婚子女，个人隐私添油加酱地满天飞。人会产生绝望的情绪，大多数情况是因为他者要你知道并教训你，你只能在这种循环复制的生活里遵循，以他们为榜样。

记得有一次饭局，桌上有个回国度假的女孩，她在国外念书。她身旁是她母亲，对三姑六婆说："我跟她说过，男朋友不要乱谈，不是认真的不要交。"周围的亲属们认真地点头。

那母亲继续说："那个男孩不许她化妆，不要穿漂亮裙子。"

"像她身上这种也不行？"一个等着女儿出嫁的母亲忙着询问。

女孩静静地听着，垂着长长的睫毛，披散的中长发勾出清瘦的侧脸，她穿着一袭白色的长袖粗花呢中裙，细嚼慢咽地吃着食物。

"说是不喜欢。"那母亲觉得必须补充一下，"我跟女儿说，不要这么听他的，要打扮的。"

“对！对！对！”另一个母亲忙着附和，“还是要穿得漂亮点的。”

女孩依然一声不响地听着，脸上保持着一抹微微笑意。

你能从一个女孩的身上看出恋爱的喜悦，也能从她低头蹙额中察觉她情深有几许，每个缓慢、细致的举止蕴意了一种青涩无畏的骄傲，以及等着被任意改造的脆弱。

记得 Lisa Kudrow（丽莎·库卓）客串美剧《丑闻》中的一集，她在参加竞选前在军队服役多年，她的竞争对手是个男性，从未服役过。当两个竞选者先后接受主持人采访时，主持人对男性竞选者提问的话题围绕工作本身；为丽莎饰演的竞选者布置了一个温馨的背景，桌上摆了茶和饼干，主持人的提问围绕家庭。剧情到这里被推向了出人意料的一面，丽莎全力反击，她服役多年人们仍然只把她当成一个普通女性，对她的要求停留在她的性别上，男性竞争者即便从未服役过，但因为是男性，人们自然而然注重他的工作能力，从性别上扼杀了男女在工作中的能力。

我不知道那个被谆谆教诲的女孩是否如愿以偿地会成为他们希望成为的人，要是那样的话，女孩的学历、成就都抵不过家庭教育的作用，无论走得再远，还会被身后那股无比巨大、空洞的东西拽回来，把你掷在你必须要完成的事项上。

另一个母亲问了句：“你女儿在国外念书，她男朋友在国内？”

“没有，两个都在那边。当时那个男孩要去英国，知道我女儿去澳洲，就改了方向一起去。”

问的人似乎有些很意外，堆着笑：“这个好啊，两个人在一起。”

“你女儿快结婚了吗？今年结？”

“没有的，今年来不及。”说着，她脸上表情踌躇万分，“之前谈了一个，后来不知道什么原因，不允许同单位的人交往，还被说上班时开小差，聊了几句话就被这么说。没办法，只好分手，这件事对她打击很大，好几个月受影响。现在谈的这个，我老公不太满意，男方的条件一般。”

一下子，两三个姑婆娘姨来劝：“不能再等了，再反对下去，你女儿干脆不交男朋友、不结婚，你们怎么办？”

夜深人静时分，我看到一张更新在朋友圈里的饭局照片，心想，书不是人们逃避的现实世界，是为了避开把人蚕食殆尽的栖息地。

整理归类

基本上我已经放弃了这个想法，每次新囤的书只要还能找到地方塞进去，我不计较怎么放。漫画占满了一层，只剩下这些十几年前的旧漫画书，有些是没完结的，我特别能理解那些喊着“富坚老贼”的漫画迷。

名著看得不多，中、西方的著作中象征性地收了几套，装点一下，我无所谓是否精装本，中文版装帧简约即可，外版书则译文要好。实在不喜欢大部头，没必要去看，我不感兴趣任何人的书单，喜欢的人总有办法找到感兴趣的书看下去。

文史类的书目前占据了相当的比例，小说看得少些，能把历史与小说结合得相得益彰，是十分难得的。我花了些时间看完了菲利帕·格里高利的《都铎王朝》《玫瑰战争》系列，陈舜臣笔下的中国历史很厚实，菲利帕擅于运用女性的细腻来诉说故事。

一部分艺术类书是近些年开始关注。关于审美是件很无能为力的事，不取决于一个人的经历和受教育水平，而需要一种感性上的看懂。

借走未还的书，我在手账本里画个丑丑的封面。我送掉过一部分，给好朋友，给需要的人。成长除了挥别一些人，还有那些不再看的文字，不再留恋的记忆。

[花朵的褶皱，时间的痕迹]

月色晕黄，远处楼宇一片雾蒙蒙。我捧着刚沏的迷迭香茶，空气里弥漫出缕缕辛辣的味道。

一个好友把英文名字改为：Rosemary（罗斯玛丽）。中文即：迷迭香。我好奇地问她，喜欢喝这种茶？

她当然说不，她觉得名字很好听，与她接下来要去的地方有些关系。罗斯玛丽喜欢去一些稀奇古怪之地旅行。也许向往欧洲大牌用品的人太多，去的人每次还得藏着掖着才能免于大包小包代购日用品回来，她十分热衷去邻近的旅行地。

“这次是哪儿？”

“香料群岛。”

“在哪儿？”我似乎听说过，但以为是个统称用来纪念那段历史时期。

“东印度群岛，盛产香辣料。现在说得少了，几百年前为了香料不惜派舰队打仗。”

欧洲人对香料的渴望迎来了大航海时代，十四世纪的中国还处于明朝前期，这时的造船技术比西班牙、葡萄牙在以后发展起来的造船技术都要好，后来就不行了。

“你为什么想去？”我更加好奇。

“去的人少。”

“可以回来显摆？”

“不完全是，我觉得香料是一种很神奇的东西，就像武侠小说上会用药草治病的神医，总在关键时刻起死回生。”

“所以你想成为神医？”我笑着问。

“不，用来自制辣椒酱。做份不怎么辣的给自己，做份非常辣放在冰箱，暂住在我家的亲戚有口福了。”

不知她是开玩笑还是认真的，我笑了好一会儿。没多久，罗斯玛丽如愿以偿地办妥了旅行手续，和一个同样对未知充满冒险精神的小伙伴出发了。她没透露同伴是谁，从她在照片中的眼神来看，也许是男友。

我喝的迷迭香是和罗斯玛丽逛茶叶店一时兴起买的，以为名字好听的东西应该喝起来也不错，实则味道有点苦、辣。新鲜迷迭香花很可爱，加工后的迷迭香可用作泡茶或西餐烹饪。逛超市时，我看到罗斯玛丽不惜跑老远去一探究竟的辣椒，红红的很新鲜。

香料很少单独用，通常有几种或几十种搭配着用，如今看着很稀松平常的香料，在明朝、大航海时代都是像黄金般珍贵的东西。郑和时期的明朝，船队从东南亚获得胡椒、苏木等香料，随后由于胡椒、苏木的大量涌入，价格一落千丈，下西洋的船队依旧大量采购这两种香料，为了清理积压的香料，明廷便想出“折赏”、“折俸”，将香料作为打赏或工资发给下层公务员，甚至上层文武官员。

物架前不少人犹豫着选哪种辣椒，塑料薄膜包装的甜椒吃起来似水果，拌沙拉酱吃不错，一只只个头不小，颜色明黄、鲜红，十分可爱。一想到罗斯玛丽说的不辣的、很辣的辣椒，我折中地选了一种可能并不特别辣的小辣椒。我问她做辣椒酱的方子，要有新意的，她收到邮件后给我回了一封：

哈里萨辣椒酱，依个人口味选辣的或不辣的辣椒，浸渍在优质橄榄油里，配上蒜头、芫荽籽、葛缕子和盐，浸透一个月后再捣碎成辣酱，用玉米粉调稠，挤柠檬汁进去。

“用来吃什么？”

“面食、猪肉和鸡肉的菜肴。”

罗斯玛丽在邮件中说她追踪麦哲伦的路线到达麦肯岛，这是麦哲伦罹难之地。大航海时代探险家们的经历对于现代人而言是个比较微妙的概念，一方面他们开拓了新世界的大门，让处于信息闭塞的国度为世人所知；另一方面，他们将殖民带入当地，对土著进行清理。

当年追踪香料的热门航线，如今早已变得冷门，没有变过的是火山喷发和地震。我知道她胆大心也大，还是不无担心地问她当地情况，她回复说去任何地方都会有意想不到的麻烦，一旦出门，就要学会应对各种突发情况。她说会带一堆香料回来，但当地已看不到香料种植园，也没有成规模的香料交易市场，小贩们卖的东西和国内的差不多。整个印尼最著名的旅行胜地是巴厘岛，她说要找个合适的导游也不容易。

“所以你的香料计划泡汤了？”喝完最后一份迷迭香茶，我拆了一包虞美人茶，味道让人难以形容。

“回来糊弄人还是可以的。”罗斯玛丽在视频那头笑得非常得意。

做菜时，我开始注意起了香料的运用，家里常备着桂皮、肉桂、芝麻、茴香等。胡椒的家族庞大，有黑胡椒、白胡椒之分，黑、白同为一果，生取晒干是黑色，自然成熟是白色。香料有性别之分，肉豆蔻公的黑，母的白；大胡椒是公的，小胡椒是母的。

丁香的香味浓烈，口感略苦，烹饪之后会变得温和，对胃部消化很有帮助，原产地在马鲁古群岛，国内的产地在广东、海南等一带。

五百年前的欧洲人为了香料彼此展开争夺控制权的角逐，在当时的欧洲，香料是有钱人、贵族身份的象征，他们对于香料的依赖远远超过东方人，中世纪的欧洲人无法保存新鲜的鱼和肉，这需要依靠胡椒、丁香、桂皮来掩盖食物不新鲜的味道。早在秦朝时期的中国就有记载，古人通过地势的差异和密不透风的方法保存食物和防腐，用盐也是其中之一。欧洲不出产香料，就像爱喝茶的英国人不出产茶叶一样，那时需要通过战争、殖民来获取资源。

晚上和终于从香料群岛回来的罗斯玛丽吃着香辣小龙虾时，我们由衷地感叹了一下国内香料的丰富，历史上也是如此，许多香料无需通过贸易进口，自产自销。

“香料真的有这么神奇吗？”我认为有些地方过于夸大其实，药用价值是一方面，而人们对它寄望于的价值超过其本身的真实价值。

“譬如迷迭香，我听说过最神奇的是它的催情作用——”

我非常感兴趣地放下了小龙虾，听她怎么说，她说：“当然被否认了。”我失望地继续吃小龙虾，她接着说，“迷迭香曾是匈牙利的皇后化妆水，用它保养皮肤有神奇的效果，它还能用来对抗忧愁。”

“你怎么用的？”我感觉她隐瞒了一部分，而且还是特别重要的那部分。

“我把它放在热水里，另外还有鼠尾草、牛至、薄荷、肉豆蔻、刺柏浸剂和丁香。”

“喝吗？”

罗斯玛丽给我一个意味深长的表情，说：“Rosemary 在拉丁语里有大海之朝露的意思。”她从随身的背包里拿出一个包裹，“这是给你的。”

“是什么？”

“肉豆蔻。”

我见过肉豆蔻粉，甜品中用到的不少，一些肉类烹饪也会用到。新鲜的肉豆蔻第一次看到，浅黄色的果实。

“打开之后，里面有肉状外皮，这种假种皮是一种名贵香料。假种皮里面是种子，就是用它加工成粉末状的肉豆蔻。这个给你留作纪念。”

我嗅了嗅果实，有香味，放在房间里没准能用来“提味”。

“我用它泡葡萄酒喝。”罗斯玛丽淡然地说。

“喝的时候记得喊我。”

过些时候，在我快忘记这件事了时，罗斯玛丽很开心地告诉我“试验成功”。

“成功的依据是？”我觉得这事比较玄乎。

“亲戚喝了一口，把酒放回去了，现在没人跟我抢了。”她笑得乐不可支。

罗斯玛丽说的肉豆蔻酒大概有两种不同的制作方法，一种是将肉豆蔻粉取适量与葡萄酒搭配，浸泡过夜，第二天就能喝上。酒类中添加香料很常见，装葡萄酒的橡木桶本身也具有香味。另一种是将肉豆蔻、假种皮和糖适量搭配烧酒，浸渍三天，每天搅动一次，然后滤去浸渍物把酒装瓶、密封，等上两个月。听起来这像甜烧酒。

两种制作方法，罗斯玛丽都尝试了，第一种喝起来能尝到辣涩味，第二种多喝几口很容易醉，适合冬天喝。

她房间的柜子上放着一堆瓶瓶罐罐，一部分浸泡了各种各样颜色鲜艳的香料，另一部分是加工后的香料。她在标签里写上名字、购买日期和用途，如数家珍地介绍每种香料的优、缺点。

“我现在自制咖喱，比市场上买来的要新鲜得多。”她选了几罐瓶子，拿出其中一样，“这是芫荽籽，也叫阿拉伯香芹或中国香芹，按比例把它和小豆蔻、藏红花、小辣椒一起碾碎，掺杂在一起，想吃咖喱的时候就用它，放上一两个月没问题。”

一想到咖喱就让人垂涎欲滴，我只会直接订购咖喱块，微辣，想吃的时候放几块在锅里，做成咖喱土豆鸡，单是咖喱土豆就已经很好吃了。

“藏红花很贵吗？”有一阵子听到很多人都在打听它的价格，我猜想是药用，或者泡茶。据说藏红花是在明朝传入中国，我在一些书上看到早在公元前2600年的古中国已被看作神草，之后出现在印度、诸多阿拉伯国家。

“上次去西藏时买了点，据说对痛经有用，”她把桌子上一杯明黄色的饮料给我看，“这就是藏红花泡出来的茶。”

透明的玻璃杯里是明亮的黄色液体，几根红色的藏红花花丝飘着，煞是好看。泡茶之外，还有诸多用途，泡酒也可以。

罗斯玛丽的香料收藏中，我比较喜欢眼熟的那些，如大蒜、当归、芦笋、茴香、甘草、雏菊……她还买了很多种辣椒，已到了无辣不欢的地步。她要是早生几百年，还生在欧洲，估计天天都觉得食难下咽。

再次听到她说起香料是在万圣节前夕。她参加一个活动，每个人都要换上节日装束。我打算看不太恐怖的恐怖片凑合一下，她在视频那头给我看化完妆的她，一头深灰的假发，黑色的装束，肩膀上背着翅膀，嘴唇涂上暗紫色的口红。我看得都不想再看恐怖片了，手忙脚乱地找按键关视频。

“像不像堕落天使？”她一脸期待地问。

“像死神的马仔。”

仔细一看，她身后还有一只南瓜，我指着那个方向说：“你的南瓜车开进房间了嘛。”

她笑嘻嘻地白了我一眼：“我用来做糖炒南瓜子。”

“是香料？”

“嗯。搭配酒，做开胃餐。南瓜是一种很有生命力的植物，可以直接吃、做香料，还能挖空了放在门外做灯笼。”说完，罗斯玛丽开开心心地去参加活动了。

想到她房间里琳琅满目的香料，再看看我自己的房间，除了书，只有可能被书砸晕的我，我赶紧去做了份意式面。家里会常备些并不常用的香料，罗勒就是其中之一。意面的做法简单，配料需要花点心思，以前下厨做个吃的，总是缺这个少那个，一想到吃就觉得郁闷。

听她说了那么多的香料，忽然感到对未知、新鲜事物充满好奇、冒险精神的人，没准源于吃货的执着精神。

罗斯玛丽说到香料具有催情的作用，她的收藏中多半如此，“催情”的含义包括提升一个人的情绪，譬如情绪低落、沮丧、忧愁的人。香料的香味会让人产生美好的情绪，刺激性的香料能使人的机体恢复平衡，这些香料本身含有丰富的活性物质。

我浸渍了一些辣椒在瓶子里做调味料，放在冰箱保鲜随取随用，每次不做多，保存时间有限。做鸡蛋饼时搭配着吃，煮面条也能用。一道原本普普通通的食物，在香料的运用下，有着化腐朽为神奇的魅力。

这些不起眼的小叶子们，几百年前一些人尽情地享受着它带来的芬芳，另一些人为了它远渡重洋。如今的马鲁古群岛已很少被提起，上一次听到这个名字还是在美剧《识骨寻踪》中寻找遗骸。

清新幽美的香料植物做成标本后，我将它夹在手账本里，不易保存的香料，用拍立得拍下存照。在大开面的白本子贴上花花绿绿的胶带，就像生活，需要很多意想不到的颜色来点缀。

[莲花香炉]

搭长途大巴返回的路上，遇上一场交通事故，一整段路都瘫痪了。

匝道口外排起了将近一公里的长龙，喇叭声此起彼伏的，内急的人尽可能跑去安全之地解决一下。

我搭乘的大巴上满满一车人，幸亏经过休息站时下车溜达了一圈。一旦在路上，就得少喝些水，以免有很多不便。

几个年纪大的旅客不耐烦地在嚷嚷，一路上愤愤不平地说家务事，这会儿见堵车，有几人喊着要下车走一走。司机不肯，跟旅客吵起架来，僵持了十几分钟，司机开了车门放几个人下车抽烟。最先回来的中年男人，一脸惊讶地跑上车大声说："前面发生重大交通事故，据说死了人，很惨的。"

"你看到了，在哪儿？"

“这么严重啊，难怪开半天也不动。”

中年男人掸了掸身上的烟灰，眼睛瞪得很大，像是在说明他确实看到了点什么，指手画脚地说：“有人去看的，现场一塌糊涂——”大妈大爷们围着问上去，司机转过头来看。中年男人的女儿一脸不耐烦，转过头去听耳机，她母亲在旁边对她说：“你表姐在外面租房，你住过去像话吗？”

“为什么不行？房租我和她平摊，是她先问我的。”那女儿开大点耳机音量。

我隐约听到那女儿在听的是哪首歌了，便关了笔记本听她们说。

那女儿越不肯搭理，她母亲越要说：“你脑子坏啦，你表姐是为了跟家里赌气，你学她，跟她一样嫁不出去啊？”

那女儿哼哼几声，从背包里拿出一只香炉，细细端详起来，对她母亲说的话只当耳旁风。她母亲气得不行，她丈夫在前面跟人吹嘘事故现场，女儿干脆不理她，做母亲的指着香炉小声地骂起来：“你买这个干什么？叫你不要买，你死活听不进去，你知道这是用来干什么的？”

那女儿憋着气死活不开口，她母亲因为在车上，有所顾忌。旁边是亲戚模样的人面无表情地听着，有人跟着解释：“小玲的大表姐，人家给她介绍相亲对象，不去。男方条件很好的，看不上。

跟家里闹得翻天覆地，最后干脆一个人搬出去住，还找小玲一起去租房子——”

小玲母亲听到这里忙转过头说：“我真是快被气死了，她大表姐年纪不小的人了，不是我不帮着娘家人说话，实在是气人，我姐姐跟我说的时候，我也气得要命。”

“后来相亲不是去了吗？”有人问。

小玲母亲说话缠七夹八，一会儿说去的，一会儿又说没有，前言不搭后语，一群亲戚、看客听得津津有味。小玲听不下去了，摘了耳机让她母亲不要说了。她母亲见丈夫走下车去，大概又去打听情况了。小玲母亲便坐下来歇息，看样子是余怒未消。

我听没有别的内容，便戴上耳机睡觉，一些人拆了土特产吃起来，一边抱怨不知几时到家。不知过了多久，那对斗气的母女低声议论了起来。我见车上很多人打起了瞌睡，这会儿安静了许多。我睡得腰酸背痛，便偷听她们母女俩在说些什么，话题基本围绕着小玲的大表姐，她说几句，她母亲便说：“是吗？你不要学她！”

大表姐被家里正式扫地出门后，张罗着在外面租了间公寓，房子在她公司附近，一套单间能住下两个人，她找小玲平摊房租。小玲早就想脱离父母的“监控”和唠叨，马上就答应了。

大表姐与相亲对象见过面，吃过两顿饭。她之前的几次相亲经历受了一堆气，最奇葩的是男方张口闭口说家里要求女方的条件，结婚后要生儿育女，男主外女主内。大表姐回去跟她母亲说，她母亲回答：“男方家里很有规矩，介绍人也说过。”大表姐翻了个白眼。后来还是受不了母亲的唠叨，她继续去参加相亲。

通常初次见面，大表姐主动提出在咖啡馆，各付各的账。第一次见面双方觉得还可以，约了下次看电影吃饭。第二次约会，晚上九点的电影，两人先去找地方吃饭，付账时男方问了句：“电影票是多少钱？”

大表姐先是一愣，随即明白了他的意思，她预订了电影票，以为饭钱由男方支付，便没有像初次见面 AA 制。男方当时没说什么，大表姐认为这样很好，初次见面互不相欠。这次吃完饭她才知道男方的意思是一直AA制，但觉得也可能是另一个意思，便说：“八十块一张。”

男方算了算账单的差额，大表姐把钱给他，他推托了一下，大表姐坚持把一半饭钱给他，他收了之后，说：“我们去看电影吧。”

“不，是我和朋友去看电影。”大表姐冷笑地看他。

脑筋没有转过来的小玲母亲连着问：“你表姐这样不好啊，人家付了电影票的钱，她找别人去看啊！”

小玲生气地白了白眼睛，“小的差额是表姐要补给他的，现在表姐把一半的饭钱都给了他，哪里还欠他电影票，他根本就没给过电影票钱，就说一起去看戏。”

小玲母亲这才恍然，却又不太关心地“哦”了声：“你们这些年轻人，一会儿AA制，一会儿又不肯了。”

“要看情况的，你看看这是情况啊，你跟我老爸约会都是你付钱吗？”小玲反击道。

立即被她老妈骂了几句，母女俩吵完，接着说大表姐。

小玲去看过大表姐的新住处。离开家里的束手束脚，大表姐开始养起宠物了。小玲跟着她一块去花鸟市场，一路上问大表姐：“你的行李呢？”

“在我朋友那儿，本来我想住在她家，可上次去她家发觉有老鼠，把我吓得半死，就再也不敢去了，也不知道我的行李怎么样了。”拐过几个街口，她推开一家宠物店的门，寻找起了她的目标物。

“有什么可以帮您的吗？”宠物店店员笑容可掬地问。

“我喜欢比较特别的宠物，你这里有吗？”

店员听了大表姐的描述后，脸上的笑容僵了足足三秒，好不容易问了一声：“你真的确定要？”

“是的。”

于是店员写了个地址给她：“你告诉他是我这里介绍过去的，他会给你优惠价。”

“嗯，不错。”大表姐很满意地将纸条塞进口袋里，环顾着宠物店里各类笼子，目光最后锁定在一堆小笼子上，“这些小白鼠真可爱。”

“这是金丝熊，和小白鼠长得像，毛色有金色和白色的。”店员笑着说。

走出宠物店，大表姐在手机上搜索地址，转了几圈终于找到店铺，一进去便问：“老板，宠物雪貂有卖吗？”

老板是个年轻小伙子，看着她不由笑了笑：“要我替你挑吗？”

大表姐给他看纸条，对方瞧了瞧她手上的笼子：“好说。”

小玲母亲听得不耐烦，打断说：“说这么没用的，有什么意思？她整天就想养些乱七八糟的东西，你敢养这些东西，你就不要住在家里。”

“我是搬出去住了。”小玲嘀咕道，在惹她母亲生气前，补充道，“她现在有男朋友了。”

“什么？”她母亲惊讶地看着她，以为听错了。

旁边几个装睡的亲戚也睁了睁眼，凑上去问：“谁啊？”

小玲母亲也追着问：“就说到买东西，一下子有男朋友了？”

我不知道自己猜测的对不对，从座位间隙看到了笑得一脸得意的小玲，她说：“是的啊，她确实有男朋友了，长得蛮帅，人很好。”

“怎么认识的，相亲？”一个亲戚问。

“在宠物店啊。”

“宠物店老板？”小玲母亲脱口而出，“比她年龄小？”

“长得帅。”小玲强调说。

周围的人渐渐失去了兴趣，又开始抱怨起交通事故。小玲母亲左右不见丈夫的踪影，嘴上数落个不停，盯着小玲手上的香炉越看越不顺眼，说：“你到底买这个什么用？”

“表姐说的。”小玲把香炉抱紧在手上，“她就有一个，她说点上香炉许心愿很灵验的，她不是如愿以偿了嘛。”

“我还以为她的心愿是养宠物独居到牙掉光呢。”嘴上这么说，小玲母亲端详起了香炉，“上面刻的是莲花？”

“嗯，表姐特意说要这种。”

“你姨妈上次气呼呼地来我们家，我以为是她女儿不肯相亲闹成这样，现在还说要搬出去？”

“她说要独立生活。”

小玲母亲哼了一声，下车去找丈夫。

我见小玲将莲花香炉小心地包好放回包里，靠在椅背上睡觉。

眼见时间一点点过去，一排长龙不见任何松动，我心想吃晚饭也到不了家了。

大约过了二十分钟，大巴司机发动了引擎，站在车门口大声喊：“走啦，上车。”一群人赶紧奔回来，落在最后的人一路喊：“等等……等等！还有我——”

所有人都到齐后，大巴缓缓地开动了起来，经过一片鲜红的路面，靠着窗的一排旅客赶紧站起来看，胆小的人捂住脸，一阵阵惊呼声此起彼伏。直到有人指出：“这是番茄，颜色绝对是番茄，看那边——”众人朝他指的方向一看，不远处一辆货车开出高速公路，整车水果翻车，撞到边上的障碍物，司机被送去医院抢救，没有其他人受伤。

“惨！惨！太惨了。”小玲父亲说。

小玲母亲白了丈夫一眼，小玲抱着背包，塞上耳机。

也不知道莲花香炉能不能网购，我看了看闭目养神的小玲，车窗边仍然站着不少人在张望。

[薄荷味的菠萝炒饭]

第一次去周蔓说的餐馆，她推荐了一份炒饭，我问：“有什么不一样吗？”

“你能吃到薄荷味。”她翻到一页品相诱人的图片给我看，浅金黄的炒饭放在菠萝里，周围摆着漂亮可爱的小点缀。

“厨师真有心。”我喜欢炒饭，简捷的步骤，很能满足食欲。每次在家动手炒个饭，老妈总要抱怨几句用油太多。

周蔓作息不定，不能按时吃饭是常有的事，她对食物不太挑剔，多数情况下只要是热腾腾的就行。她说写字楼里最近在流行吃蔬菜沙拉，她硬着头皮吃了两天，下午饿得趴在电脑桌上恨不得跺穿地板。

“公司附近的一家餐馆炒饭还不错，但周末他们不怎么营业。”她遗憾地说，“写字楼附近，一到周末有点像养老院。”

“地段这么好的养老院啊。”我笑着说。

周蔓对吃是不太挑剔，对环境很讲究。她选的餐馆装修风格颇有亚热带风情，她是店里的常客，与一个能说会道的店员打招呼，店员替我们找了个好位置。

“应酬、各种活动上吃遍了五花八门的东西，我对食物越来越不敏感了，啃个面包也能对付。”她无畏地说。

餐馆外，灯影闪烁，周蔓的身侧有两扇木制的窗，她将胳膊搁在上面，望着模糊的夜景。

“你说现在还来得及吗？”她忽然没头没尾地问了句。

“做什么？”我问。

“学另一门语言。”她声音很轻地说，仿佛说出来就会遭人笑话。

“想学当然来得及。”我看着正端过来的菠萝炒饭，说，“看上去一点也不油腻。”

“不是因为工作上的事，”她忽然一笑，“有些不想让人看明白的事想说。”

“你打算写秘密日记？”我很感兴趣地问。

“用来骂人。”

我吃了口薄荷清香的炒饭，不打算睬她的心血来潮。

她继续说：“别人会的，你不会，当别人在谈论时，你就被变相地被排除在外了，真没劲。”

“你要是学会了古希伯来语，能把所有人排除在外。”

周蔓白了我一眼，心情不减地说：“也不一定是语言，总之是一门新的课程。”

“我学烧菜，肚子饿了自己动手，我觉得很实用。”

“不，太麻烦，我只适合吃。”

周蔓没准只是心血来潮，就像每天有很多突发奇想的人一样有了灵感。记得有次我去淘旧书，看到一本还很新的原版小说，第一页认真地标注了几个单词的中文和音标，第二页起就什么也没了，最终流转到了二手书店。

下一次我和她约了去吃菠萝炒饭时，我问周蔓语言学得怎么样。她很认真地点点头：“学了字母表、发音。”

“古希伯来语？”我吃惊地问。

她摇头，鄙视地白了我一眼：“当然不是，是西语，我喜欢看西语剧。”

“嗯，很多人学韩语日语也是为了追剧、追漫画，很有动力。”

“我想的不完全是这样，”她停顿了一下，“如果什么都不学，过几年还是老样子，不管学得多渣，能学会多少是多少。我希望有更多的可能，那么过几年回头看看，我不算太浪费时间。”

酸甜口味的炒饭，融合了薄荷的清新，能在炒饭中吃到菠萝很有趣。我琢磨着怎么回去炒一盘像样的菠萝炒饭，周蔓忽然说："我想和几个朋友去学做陶艺。"

"解压又文艺的消遣方式？"

"可能。"她喝了口饮料，说，"我把我爸的一只陶罐打碎了，他说非常名贵，他一个朋友好几年前送给他的。我跟他说不是什么值钱的东西，他说什么也不信，他当时送了别人一瓶白酒，蛮贵的。"

"什么样的陶罐？"

"我一直觉得挺丑的，他说是审美问题，摔碎的那只是某个部落文化的陶罐。"

"你想做个同样的？"

"不，"周蔓坚决地摇头，"我要做个我认为漂亮的。"

人在吃饱喝好的时候会有很多灵感，周蔓在手机上和朋友聊了下陶艺课的时间安排。她刚做的美甲缀了几粒水钻，忽闪忽闪地按着屏幕。她注意到了，说："很好看吧。"

"这么闪，不太像你一贯的风格。"

"同学帮我做的，她认真学过一段时间美甲，现在的目标是要在美甲上画好看的画。"

"她的绘画功底好吗？"

"自己瞎鼓捣，我看过她画的，我觉得很好看。"

能随性、任性地做一些事，是奢侈而又令人向往的。我端详了一会儿她指甲上细致的勾画，看得出花了不少心思："想做专业的吗？"

"不一定，我听她说起过一件事，她念书时因为画漫画被当众羞辱过，她的班主任把她画的一本漫画撕成碎片，通知她父母说她思想早熟。"

"她画了什么？"我愕然。

周蔓忽然古怪地看了我一眼，眼神中有些失望的意味："看吧，很多人第一句都是这么问的。这种提问预设了一个逻辑，她画的东西很可能不堪入目，要么就是违反校纪校规，影响学习成绩，但很少、几乎没有人会问，为什么一个班主任可以这么堂而皇之地毁了别人的自尊心。"

"我并不是……"我见她并不感兴趣辩解，便住了口，气氛一时有些尴尬。

"她当时是在课间，把她画的本子给几个同学看，班主任一进教室冲过去拿在手上，说她整天白日做梦、思想早熟。从那以后，她时常无缘无故就会被班主任搜查书包，连一个一向比较迟钝的男生都在私下里对她说：'班主任看你不顺眼。'她一度很厌恶自己，被扣上那些话，一些男生用鄙夷的目光看她，一些女生轻蔑地与她保持距离。到了现在，十几年过去了，她说从来没忘记过被当众翻查书包的羞辱，她一直不敢在自己的包里放过于私人的东西，就怕同样的事情哪天又发生。不是说真的会发生，这就像思想上的一种阀门，要随时提醒自己。”

我尝到一口尤其苦涩的滋味，只是用劲地咀嚼着，吞下去。

“为什么很多人一过了念书的年纪，就不再学新的东西，而遁入一个世俗的成熟怪圈中去，坚守一种他们也一定明白的观念，不再感兴趣自身之外的世界？”

又一个周末，周蔓在线上问我晚上去哪儿吃饭，我问她菠萝炒饭怎么样？她说好是好，就是最近店铺在整修，闭店了。

“还有什么好吃的？”我问。

“来我家吧，材料我都有。”

一身居家服的周蔓，身上披着厚厚的毛毯，食材一样样摆上桌，从柜子里拿了瓶葡萄酒。我看了材料，做一顿菠萝炒饭正好。

“你负责吃菠萝吧，用盐水浸过了，我来试试下厨做炒饭。”

“你确定吗？”我见她穿上了围裙。她家对着马路，她站在窗口眺望，路灯下模糊不清的行人，是离这最近的酒吧走出的几个狂欢的年轻人。

她在玻璃上呵出了层雾气，冬季的夜晚，待在温暖屋子里的人围着桌子等吃的。她倒满一杯葡萄酒，问：“你喝吗？”

“待会儿。”我吃着浸完盐水的菠萝说。无意间，我瞄到她的书桌上几张零散的画纸，想起她说的那个做美甲的朋友。

“梦不容易做，但容易醒。”她也注意到了，一边打开炉子，刺啦刺啦地炒起锅里的材料，“我有时候很后悔放弃得太早。”

看不清画纸上画得是什么，颜料盒开着，用过不少。

“你玩手账吗？”她问。

“三天打鱼两天晒网，囤了不少胶带，都用来粘海报了。”

“我学西语报名专门报名了个一对一的课，费用真是小贵，但我不敢逃课了。陶艺课经常被朋友拽着去，因为上课的地方不方便，我能开我爸的车去。西语老师每次都要和我反复确认时间，上课不能开小差，对我的发音非常严格，有什么事要发邮件询问必须用西语，不然不回复。刚开始我觉得我是被逼上梁山了，简直又回到课堂里了。但是每次下课回家我还是觉得很开心，渐渐地，我想的都是怎么复习。”

“进步很快？”

“学习上或许是，还有另一方面。”她将炒完的一锅炒饭小心翼翼地装入切开挖空的菠萝内，一边说：“在年龄上我可能‘老了’，但我还没有默认等死的状态。”

“生理年龄是他者的看法，‘老’是个复杂的概念。我认为一个人接受了他者的认定，才是真正的‘老了’，或‘死了’。”

周蔓将装满的两份菠萝炒饭摆在饭桌上：“无论绕了多大的一个圈，人的本性是找回自我的自由，重新出发。”

下雨了就别走，说说你枯萎的生活

往年的这个时候，即使不是寒彻透骨，也总是阴郁地不爽气，南方的冬天，又冷又潮湿，屋里屋外冷得坐不住。

好几次快递来，我一副刚经历核爆炸的生还者状，穿着旧棉袄、熬夜脸去拿快递，忧心忡忡地担心以后快递会把物件直接扔在家门口逃跑。并不是每次网购都有代收店，碰上类似的情况，基本看运气。

听说巷子口那家关门多年的“福康店”重新营业了，这家小店在我的印象中，念小学时便已存在，店铺的对面曾是未搬迁的小学，去店里光顾的学生非常多。我搭车上下学总是经过，一群又一群的学生在店里买吃的、漫画、文具……所有孩子能想到的，小店里应有尽有，仿佛顺应了生活的千变万化，用尽一切办法把目光吸引过来，将生活留住。人生中第一本漫画就是在这间福康店购得，那时我常去问新番。

“福康店能代收东西？”我跟人打听。

“可以啊，寄放东西也可以。”

“没想到还开着，不止二十年了吧。”我猜。

“远远不止，夫妻俩很早就开了，两人的女儿现在也二十多岁了。”

“听说……离婚了。”

“嗯，小姑娘那时还没念中学吧，老板娘一个人打理店铺，女儿跟父亲。”

“她现在回来打理店铺，没想到啊。”我不是纯粹八卦，实在是好奇为什么有人会愿意守着这么一间小店铺，仿佛固执地与这个瞬息万变的时代对抗到底。

“老板娘生病了，这是她的……全部家当。”

说的人大约从前是常客，语气竟也有几分伤感。我听了仍然好奇，想着怎么去问代收的事。

母亲去照顾外婆后，我出去找吃的，如往常一样不到天黑不出门，看着周围一簇簇厨房的灯火，那么近，那么远。

悠长的巷子，没有路灯，一到天黑，这里经过的人便少。小学搬迁后，周边住着的人也早早拉上窗帘。有一阵子，听到有人在巷子里打架，喜欢看热闹的父亲要去看，被晚上下班的母亲斥责了几句，怕惹来麻烦。

我经过巷子时，福康店亮着灯。店里的商品依旧琳琅满目地堆得很满，直堆到墙上，齐聚紧凑。几本书挡住的一角是店主人的身影，投影在白墙壁上，一晃一晃的。

“请问有人吗？”我一脚踩进店内，比从前小多了，尽管前后改建了几次，连店主人的居室也匀出来做店铺面积。

“在。”一个女声从桌子后直起身，年轻白皙的脸浅浅一笑。

我记起来她叫禹汐，多年以前，刚上小学的她，快从小学毕业的我，常常去搭同一班学生专车，现在早已没有了。

“这里可以代收包裹吗？”我想着怎么说得更清楚些。禹汐很快点点头，说：“地址改为这里把单号告诉我，收到后我会在线上通知你。”

“需要多少费用？”

“不用。”

我踌躇着怎么回，平白无故地让人帮忙：“这样啊……”

“帮认识的邻居代收，不是多大的事。”禹汐将几本新书放到架子上，桌上一个花花绿绿的糖果盒，造型别致花哨的水笔、钢笔在笔筒里摆着，玻璃橱里有各种精美的本子、胶带。

“这儿改变很多。”我边写下联系账号，边搭讪着说。

“我重新布置了一下，粉刷墙壁、摆家具。我妈不管这些，有人来串门跟她聊天，她能闲聊一整天。”

她母亲我有印象，一次次经过看着她从少妇变成了头发灰白的独居妇人。她总是坐在店铺门口，喜欢和熟人天南地北地聊。不认识的人以为她热络，只有熟的人才明白她是孤独。她丈夫离婚没多久便再婚了，有自己的家，禹汐念中学时住到她父亲家。生意越来越少后，禹汐的母亲常静静地守在店铺后一整天，若隐若现的脸在玻璃门后看着尤其落寞。那时，我不曾特意留心，只有人们在说起禹汐回家看望时，才偶尔听到。

“晚上几点关门？”我问。

禹汐笑了笑，脸上的表情有些神秘：“比较晚。”

我很好奇，看她的神情不是在开玩笑，问她：“你一个人看店，不要紧吗？”

“晚上比白天安全。”她摆正着一张小茶几，上面放着小盆栽，几本边角有些旧的书放在上面，“方便白天没时间的人。”

如果不是惦记着团购了优惠券去吃晚饭，我很想接着打听详细。这时，门口走来两个学生模样的女孩，其中一个指着物架上的漫画书，声音惊喜地问：“这真的是最早的版本？”

“是的。”禹汐说。

狭窄的店铺里一下子容纳了四个人，立刻变得拥挤起来。我趁此让开位置退了出去，一路上想着待会儿再去看看。

晚饭后，我买了饮料往家走，经过路口特意看了看福康店是不是还开着。毕竟她一个女孩子独自守着一间小店，既要有足够的勇气面对夜晚的未知，还得随时应对下一个走进店铺的会是谁。

福康店里，禹汐一个人在灯下玩牌，我猜应该不是塔罗牌。橘黄色的灯光，在冬夜看着有些温馨，一路上静悄悄，充满人间烟火的饭点声早已偃旗息鼓。

母亲每次去外婆家都会嘱咐我不要太晚出去吃饭，她总是担心。今晚是冬至，她离家时让我最好不要出去。我嘴上答应，心里想的是白天刚到的包裹要去拿。吃饭的地方人很多，似乎都挑在这一天出来热闹，我等了很久才有位子。

回家时，一看时间已将近十点，夜空飘起了雨。出门时想早点吃完回去，便没有去拿包裹，这个时间实在是不早。

福康店里，白天由禹汐的母亲看店，她母亲在门后看电视，偶尔坐在门口晒太阳，养了只不爱回家的猫，每次吃饱便溜走。

走进店铺，我没看见禹汐，十分纳闷，小声地问一声："有人吗？"

"在。"禹汐从柜子后直起身，她手上拿着一堆东西，看见是我，转手拿出一件包裹，"是这个吗？"

我赶紧接过来道谢，忽然发觉小店又有了很多变化，比上次整齐、漂亮，添了很多有趣的小玩意。"这些是新的？"我指着一些动漫周边产品问。

“是一些人寄放在这儿的，过了时间不回来取，就可以上架。”

“这是限量版的动漫周边，这些是第一版的漫画，那个杯子上是……两人的照片？”禹汐看了看：“男孩把东西送过来时说，一个星期内女孩没来取，杯子归我。”说着，她无奈地笑了笑。

“你的责任好重啊。”我好奇地想看清杯子上的脸，到底是什么样的恋人要这么赌气。

“要是你有什么东西不想要了，也可以拿过来。”禹汐笑着提议。

“只有书……”忽然，我看到曾买过的第一本漫画书在架子上，这书起码二十年了，我吃惊不已，“这是真的？”

禹汐若无其事地点点头：“从阁楼里找到的，应该是当时的存货。”

“肯定会有人为了收藏它们打破头的，”我估摸着大概多少钱，肯定不会按照当时的定价。

“卖给有缘分发现它们的人，价格不变。”她说。

说话间，一个上了年纪的妇人裹着身厚厚的围巾，一进来便问：“顶针箍有吗？像这样的，我要一个。”她比划着样子，说明她要找的是件与众不同的顶针箍。

禹汐在盒子里翻了又翻，拿了几款各异的顶针箍给妇人看，她拿在手上试了试，很快付了钱离开。

“很老式的，你这里还有这些东西，网购的吗？”我问。

“新式的做得越来越像个戒指，”禹汐神秘一笑，缓缓说，“她的丈夫刚生病去世，我听说他们当年结婚时什么都没有，她丈夫送了枚顶针箍作为戒指，非常老式。”

我一直很好奇是什么原因让她愿意守着这个店铺，照顾她母亲？文艺地生活？禹汐的父亲来自书香门第，她从小念书很努力，与周围孩子不太一样的是她除了要参加各种补习班，周末还要赶去参加艺术课，绘画、钢琴、书法、第二门外语……她大学毕业之前，很少看到她回母亲的家。邻居提到她的名字，顺便地会说她前途无量，将来也一定嫁得很好。

她似乎看出的我的疑惑，问：“你也是夜猫子？”

“差不多吧。”我笑着承认。

她笑着示意我坐下：“不赶时间吧。”

我迟疑了下，雨没有停下的迹象，我对她摇了摇头。

她说：“他们……分开时，我母亲的精神状况不太好，我父亲犹豫了很久，说是为了我也该有个新的环境。当时，外婆家也认为这样很好，我母亲能照顾自己，亲戚也肯帮忙，希望我能专心念书。我刚念高中时，父亲再婚了，亲戚们都说他也该找个人照顾，毕竟他年纪渐渐大了，继母是个普通女人，她带了一个女儿和我们住在一起。从小，我很自卑……我要拼命装出过得很好的样子，就为了不让别人看出我真实的状况。你知道我母亲的事吗？”

看着她的表情，我明白当别人把家里的“丑事”说出来，任何客气的回避或转移话题，都是很伤人的。我说：“听说过一些，不知真假，没再去听了。”

禹汐若有所思地点了点头，轻声叹了口气：“很多人表面上关心你，只为了探听更多的秘密，而真当你有求于人，他们会非常厌烦被打扰到。我辞了工作，搬回来跟母亲住在一起后，才明白她这些年过得怎样。”

我猜想她是遭遇了更多的事，每个决然的决定，都是过去的累积。人们太习惯于表面的风光，而不愿听一句真相，在自身营造的“梦幻岛”里无视消磨掉的宝贵时光。

“为什么想支撑这家店呢？”我问了许久以来就想知道的答案。网络这么发达的今天，谁还会在乎用“古老”“很土”的经营模式，去支撑一个深巷里的小店。

“我花了过多时间在路上，我在这儿住了很多年，却记不起什么事。起初我以为是年纪小，但我也不太记得高中、大学的事，甚至工作后，也依然如此。我总是在路上，想去更远更好的地方，但不知道要去哪儿。这么多年，我很少回家看望她，那天突然回来，看到母亲一个人坐在房间里开着电视，等着天黑，等着一天过去。

这也是我的生活，过快、过慢的节奏，是没有分别的。”她点了支香薰蜡烛，放在空无一物的茶几上。

许多我们熟知的感情是藏在表面之下的，当懂得了那种感情的厚重，一定是在大的经历之后。

店铺外响起一阵脚步声，一个身影推开玻璃门进来。

男子的年纪大约与禹汐相仿，脸上笑着对她说：“你知道吗，宁则维回来了，他打电话给我了。”

禹汐表情一变，似乎还没想好要怎么应对这个意外来客。我看出两人是相熟的朋友，一定有很多话要说，便拿着包裹准备离开。

她忽然叫住我，送到门口说：“有空再来，晚上跟人聊天就不容易无聊了。过两天有几个朋友，有很多好玩的事，你来玩。”

“好啊好啊。”我感觉她另有话要说，她的朋友一脸急不可耐地等着要告诉她更大的消息，说，“改天。”

回去的路上，我发觉已将近午夜，几分钟后到家，发觉禹汐在线上发了条信息给我：不要相信别人说的。

喝完冷掉的饮料，正想睡觉时看到了这条信息，我感到很疑惑，这会儿她不是有朋友在吗？

关了灯的房间，能看到微弱的光，记忆变得忽然清晰了起来。有一年，背着书包、一身校服的禹汐冲到她母亲的店铺里，起先是她在哭，接着有邻居听到她母亲的啜泣声，深知这家状况的邻居站在门口相劝："慢慢说，你母亲会吓到的。"

我当时赶着去参加考试，回来听说禹汐的父亲把她接走了，她哭了一路。我问说的人是为了什么事，对方说她在学校闯了祸，但又不确定，她自己先委屈了。听着是在暗示禹汐遗传了她母亲精神上的病。

清晨，我买完早点绕过去看看。店门上挂着"闭店"的牌子，来来往往的行人，冬季夜里的欲言又止都烟消云散了，仿佛祭拜后地上燃烧后的痕迹，风吹过，要记住的记住，该忘记的便忘了好了。

我抬头看到店铺上的阁楼，一扇正要关起的窗门，是禹汐。她在窗后一挥手，便拉上的布帘。她母亲推开门出来看见我，问："你找禹汐吗？"

"不……我晚点来。"我说。

"你们是同学？"

我想说不是，她母亲自顾自地说："她念书时发生了那件意外，很多同学都不往来了，没人相信她，她常常一个人在夜里自言自语。我跟她说你住回来，我照顾你，她一开始还不同意，现在住回来了，我看着情况还好。你们是老同学，有空常来。"

阁楼的布帘后，她也许在看着，有些秘密只适合晚上说，说完便忘记，明天又是新的一天。我对着那扇窗户，挥了一下手，心想：日安，好梦。

第 三 部 分

Part 3

果酱、华夫饼与下午茶

“我原本以为是最熟悉的陌生人，其实是最陌生的陌生人了。我喜欢文艺片，他喜欢球赛，志趣不同在我和他之间是巨大的沟壑。我还想他，他转身走了，感情是不能偿还的亏欠。我停滞不前，他走马观花，过去的那点小感动，现在看起来都是微不足道的破事。我不想他了，他是个浑蛋，现在的结果是早就积累下的矛盾。你这傻瓜，我会若无其事地和你聊些无关紧要的废话，有事不说，没事找事。想想现在的状态，我觉得有点儿心酸，可没必要恸哭，太大动干戈了，那样的哭像是把所有的爱都用哭表达出来了。”

禹汐念完一张夹在书页中的纸片，笔迹潦草，写错的地方一定用笔涂成全黑，不让人看出一点破绽，大约是个完美主义者，但又没完美到重写一张。

“这是什么书？”我问。福康店增加了营业时间后，我时常会去找禹汐聊会儿，她现在不仅贩售小物件、代收物件，还能帮忙代购。她在日本住过一年，有几个朋友不时往返日本，代购的东西比较有限。

“《暴风雪》，1979 年的版本。”她翻着版权页，惊叹了一下。

“这么古老的书。”我好奇地凑上去看，“保存得还不错，颜色陈旧了些，没有一点破损。这本讲什么的？”

“名家短篇集，作者包括：托尔斯泰、左拉、契诃夫、巴尔扎克、托马斯·曼等等。”

“真难得，现在要找本集合这么多名家的短篇集不容易啊，译本质量更参差不齐。”

“看到这本书的封面，我想到的是《大桥下面》，感觉是那个年代文艺青年会喜欢读的，简约朴素的封面设计，看的人津津乐道书中的故事情节，随时都能说上一段。”

我打开一瓶草莓果酱，涂完整整一片华夫饼，说：“你看过？”

“嗯，”禹汐将纸片放回书中，“收到店里没多久我就看完了，这书脱手有些可惜啊。”

“别人不要了，家里放不下，我看完的也会给出一部分。”

“类似这样的？”我咬了口华夫饼，觉得果酱涂得有点多，喝了口热茶，“很多书看完再久也不会给，也不借。”

禹汐吃了一小口草莓果酱，似乎不太满意，另外找了瓶苹果酱，说："这是我自己做的。"

"你会做苹果酱？"

"老妈不爱吃水果，但喜欢吃甜食，我就自己做果酱给她吃，很容易的。苹果去皮切块，水和冰糖兑好比例，用小火煮，边煮边压一压苹果肉，煮完前加些柠檬汁。这些做完的苹果酱要尽快吃掉，一次不用煮很多，很新鲜很好吃。"

照着禹汐说的，回家经过水果店时我买了些苹果，在手账上用新买的钢笔写下任务：做一瓶苹果酱。

苹果是很容易"锈"掉的水果，切开一会儿我就手忙脚乱耽搁了时间，一锅苹果肉夹杂着蜂蜜和冰糖的甜味，煮得差不多时加入柠檬汁和一些碎末的柠檬。味道有点酸，我大概是柠檬放多了，练习了两次后觉得还算满意。

通常在超市看到各种包装漂亮的果酱我都想买回家一个个吃过去，最终没有一瓶是吃到最后的，大概是坚持不了吃面包。

我带着一瓶自制的苹果酱去找禹汐，下午晚些时候她都会在店里。一进门，我感觉气氛有些不对，书架前的椅子上坐着一个男子，是上次夜晚跑进店里告诉禹汐谁谁回来的那人。他脸上笑了笑，似乎想起身告辞。

禹汐介绍说："他是我的同学，叫华卿，帮我从日本带了些东西，很多漂亮的文具，你上次问的墨水也有。”

“彩墨吗？”我惊喜道。

“是啊，比网上价廉一些。”

“我喜欢彩墨，每支钢笔用不同的颜色，铁锈色最好看。”我开心地寻找着彩墨放在了哪儿。

“是夕烧吗？”华卿好笑地问了声。

我点点头：“有吗？”

“有。”华卿拆开一个大盒，里面全是仔细包装过的墨水盒，玩彩墨的人喜欢收藏精美的墨水瓶，有点像香水瓶用完了舍不得扔。他带来的彩墨颜色很全，颜色越是鲜艳，装在透明的笔杆子里越是妖娆，女孩对颜色的爱好是深入骨子里的。

“上次你说夕烧，我拜托他这次出差回来一定要带，这里的数量不够预订。”禹汐看了眼说。

“有很多人已经预订了？”我似乎不该太吃惊，把小店支撑下去肯定需要更多的选择。

“嗯。”禹汐不以为意，“我有次去面馆吃东西，一个排在我后面的老太太问我网购的事，我当时很惊奇，跟她聊了好一会儿。我不知道她听懂多少，她觉得很不可思议，问我能不能帮她买一下，当时就要把钱给我。我吓了一跳，会被人当骗子，我把这里的地址给她，她有什么想订的来店里告诉我就行。老太太就住在这附近，要给她学画画的孙子买颜料，就是这盒。”

我看了看牌子，“据说不错，玩手账的人也常用这款。”

“是啊，老太太很开心。”

我把手上的果酱递给禹汐，说：“我自己做的，你尝尝看。”

禹汐眼神一亮：“你竟然真的自制了一份，哈！”她很开心地拿了个小勺子尝了口，表示，“不错，甜度控制得当。”

“我喜欢甜食，但不能太甜，甜得发腻就没胃口了。”

华卿拿了勺子涂了一层厚厚的果酱在华夫饼上：“我真是太饿了，觉得什么都好吃。”

我感觉他们有话要说，便准备快点走，只听华卿咬着华夫饼问：“这次聚会你去不去？”

禹汐迟疑地盖上果酱盖，忽然对我说：“这周有两个玩手账的朋友要来，你来吗？”

我呆了呆：“好啊，如果可以的话……”

华卿失望地瞥了一眼禹汐，她并不在意地继续整理彩墨。

华卿又等了一会儿，见她不会改变主意，起身告辞了。

禹汐跟着他走出店铺，说：“他也在，是不是？”

“你不想见他？”

“有什么好说的。”

“你不觉得有些事说清楚比较好？”

禹汐沉默。

他继续道："他当时伤得挺重的，我怎么觉得你伤得更重啊。"华卿笑了几声。

"反正我有事，你不要告诉他这里的事。"

"知道啦。"

禹汐返身走进店内，我装作什么也没听见地翻开《暴风雪》，译本还不错，问："多少钱脱手？"

"有人订了。"她做了个遗憾的表情。

我叹了口气，上次看到时就该买下，收旧版的书要缘分的，看来我和这本书无缘。于是问："周末和手账朋友的见面，是真的吗？"

"当然啊，她们收集了很多漂亮的胶带，限量版。"

"我买文具多些，各种好看耐用的彩色水笔、钢笔，上次看到一个朋友自制了本活页的手账，纸张非常讲究，纹路很漂亮，颜色由浅到深，一本集旅行、生活、美食的手账。"

禹汐若有所思地"嗯"了一声，书柜里的书重新换过了。我有时难免好奇，是被买走了，还是被旧主人领回去了。

"你觉得我应该去吗？"她突然问。

"聚会？"

"嗯，现在已经不认识了。"

我琢磨着多半是前男友，前男友这种生物真的是很奇怪的存在，明明算过期作废一列，时不时还出来活蹦乱跳一下。

“你有顾虑吗？”

“他那时伤得很重……”她忽然沉默了。

我只能猜想闹分手时情绪不是很稳定：“反正也过去了。”

“伤疤应该还在的。”她小声地补充了一句。

我与她面面相觑，不太确定她到底和我说的是不是同一件事：“感情上？”

“身上的，”她深深地叹了口气，“他和我是高中校友，华卿和他是好兄弟，宁则维说话很欠考虑，嘴巴很坏，在华卿面前嘲笑我，说我是戴粉红眼镜框的蠢情少女，对，是说的‘蠢’。他当时有个很喜欢的女生，我对那个女孩说宁则维喜欢别人，那个女孩当然很不开心，那时已经念大学了，他很喜欢在女生们前面出风头。那女生听了我的‘谗言’，找他闹了起来，我以为那女生性格这么温和，最多吵吵架，谁知道……”

我好奇地伸长了耳朵，她似乎不安地眨了眨了眼：“闹到要死要活的地步，他从桥上摔下去，骨折了，学校里的水塘水不深。那女生离开了学校，他没多久也留学去了。这么久了，不知道还回来干吗。”

“想家？”

“他爸妈也去了国外，他在那边工作生活非常安定，华卿就是这么说的。”

“看望同学朋友吧，回来待一段时间就回去。”

“不是。”禹汐很肯定地摇头，“我早就打听过了，宁则维这次回来是长居，在这儿工作。”

禹汐似乎隐瞒了一些事。

我想起她辞掉的工作，不禁问：“因为这件事，你才辞职的吗？”

她有些生气，随即眉头舒展开来，缓缓地点了点头。两人的公司有合作关系。

“我对那女生很内疚，不是对他，他活该。”

“所以你更该去参加聚会，表明你的姿态。”

“我不想听那些废话，出了这件事后，他们说我‘仇人’多作怪，认定我仇视他，仇视他们感情和睦，因为我自卑没人会搭理。”

“他们当面对你说的？”

“用眼神表示，宁则维的朋友看我就像看到怪物，一个被我拒绝的男生对别人说他把我甩了。女生们愿意相信宁则维，随便他说什么她们都信的。”

“没有一个人相信你？”

“华卿是唯一一个。他知道整件事的经过，只有他会在别人冷嘲热讽我时帮我说话。后来我搬出学校宿舍，那女生和宁则维也先后离开学校，这件事才似乎过去了。”

“情侣之间吵架，闹得那么厉害？”

“具体经过我不清楚，华卿说宁则维当时站在桥上和那女生解释，后来不知怎么就被推了下去，当时很多人在围观，他摔下去后，那女生吓哭了，一直哭到医院里，整个学校都知道了。”

“太严重了。”我不禁想起当时大学里谈着纯纯恋爱的同学，每一对都有着海誓山盟的热诚，走出学校该分的一定会分，最被看好的一样分道扬镳。总是，爱着，被爱着，追逐并放弃着。

忽而，我想起夹在《暴风雪》里那张旧旧的纸片，无论过去多久，爱情依然鲜艳诱人，光辉灿烂，擦去尘埃，有历久弥新的耐人寻味，还有不停止的苦涩。

去跑步吧，在白木兰初开的早晨

禹汐用手指揩去钢琴盖上的一层灰，她手上绑着纱布，整理物架时摔了一跤。

她母亲热络地说："有人来找你。"

我笑着点点头。

她从幼儿园开始学钢琴，一架老式的钢琴放在客厅里，幽暗空间的一角。她母亲当时比较反对，女儿的后路做母亲的都替她设想周全了，尤其不允许节外生枝。她母亲深知禹汐的脾气，没有开诚布公地反对。小孩子喜欢图新鲜，况且，钢琴不是什么坐不住人的兴趣，一练就是好几个小时，禹汐怕早不耐烦了。这么断断续续地，禹汐学钢琴差不多有十年。

她母亲年轻时是个有点强势又善于计划的人，禹汐的钢琴启蒙老师是个比她大十岁左右的姐姐，叫冉茹，前几年生病去世了。

当时她人在日本，无法赶回来出席冉茹的葬礼。冉茹未婚，父母在她过世后搬去别处居住了。

“也不是很远，换个区，继续住在原来的地方老伤心了，她是唯一的孩子。”禹汐抱着裹了纱布的手，她脸上过于苍白，脸颊两边显出异常的红色，说几句话就得找纸巾擦鼻子，来势汹汹的重感冒。

“你现在还弹钢琴吗？”我问。

“工作以后没有，高中时放弃过一段时间，后来听说可以加分，但我又不够资格。我在日本待了一年，教过几次钢琴课，都是比较熟的朋友介绍。”禹汐看了她母亲一眼，说，“我妈当时每天烦这架琴，摆在家里占地方，直接扔出去又不可能，转手很麻烦，就一直放在这里当装饰。”

“我小时候也想过要学，后来被家长理性地制止了。”我笑道，“五线谱太难了，还要背整首曲子。”

“不去考级不用烦那些，我就自己喜欢。”

禹汐找了块抹布开始擦拭钢琴，我问：“需要调音吗？”

“调过了，华卿找人调的。”

我点点头。她回头看了我一眼，说：“这周有朋友来吃饭，我可能会弹。”

“感觉自从你回来后，福康店越来越有人气了。”

禹汐笑了起来："可不是嘛，我觉得老妈很开心，她一早起来去小区里锻炼身体，晚上边散步边找找猫，每次找回来没多久，猫又会跑出去。"

"养条小狗。"

"可以考虑。"

禹汐因为钢琴，在念书时惹上不少麻烦。有一年学校里举办艺术节，很多人知道她弹得不错，有艺术系女生的脾气，背后挖苦她自视甚高的人不少。学校剧院里有一架现成的钢琴，禹汐担任舞台剧的伴奏，不了解她的人都想亲耳听一听她到底有什么本事，凭什么装清高。舞台上，她需要和一个拉小提琴的男生合作，据说大小名次、得奖不计其数。消息不胫而走，男女生们不无猎奇之心，尤其是女生。小提琴男生属于漫画王子型帅哥，禹汐是所有梦幻言情剧中傲慢刻薄的女生形象，无论外表多么吸引人也难以掩盖男主角宁死不从的坚定。艺术节前，两人在音乐室彩排，演出的学生在台前排演，他们在台后练习。

"是自由选择的表演剧目，还是别的什么？"我问。

"怎么可能自由。"禹汐好笑地看着我。

我想了想，念大学时乱七八糟的小事不断，能谈得上轰动的是一件也没有，偶尔八卦一下男女生之间的飞短流长。

禹汐说她每次掺和上一件事，就会越掺和越被掺和进去，最后别人都没事，她一个人承受后果。我觉得她也许夸大了，人们对于不了解的人或事习惯用第一印象、主观意识来判定，在知道事情经过后，仍然不愿改变偏见的人属于一小部分。

那次艺术节后，禹汐第一次在学校“扬名”，享受到了年少成名的“待遇”。

她说：“如果我是男生，也许就是另一种情形了。”

负责整个艺术节的男生里有宁则维，不是冤家不聚头。华卿说服禹汐答应表演时，禹汐不知道这个情况，事后，禹汐和华卿大吵一架。

“你跟那个谁，结仇不是一天两天啊。”我忍不住叹息，男生可恶和记仇起来真是相当惊人。

“有的人第一眼不顺眼，以后也不会顺眼。”说着，她做了个遗憾的表情。

舞台剧是学生自己写的本子，借用了西方古典名著的桥段，背景用罗伯特·舒曼《童年情景》第七首《梦幻曲》。练习时，禹汐时不时地停下瞪一眼小提琴男生，在众多女粉丝的注视下，男生心生不悦，他没把这首曲子看重。禹汐盖上琴盖时，从喉咙里发出一声咆哮，惹毛了一群女生，戳着她脊梁骨骂了起来。

小提琴男生不解这个看起来斯文的女生竟然这么暴躁，为免节外生枝，他说：“再来一次。”禹汐的目光掠过那群粉丝，自顾自地地弹奏起了肖邦《玛祖卡》第二十八首B大调，说：“你先把曲谱背出来。”小提琴男生性格温和，默不作声地练习起来。他看着曲谱练，偶尔错拉一个音便紧张地看一眼禹汐，仿佛初学小提琴唯恐被老师训斥。

这一情形，看在男生的粉丝团眼中，简直难以忍受。之前的小声刻薄，立刻调高了嗓门，一个接一个地“这种人算什么啊”、“把她给厉害的，没家教”、“谁要听她的，脸皮真厚”……

排练舞台剧中的某个女生也是小提琴男生的粉丝，看不惯禹汐的骄横，讽刺地说：“很激昂嘛，借贝多芬表达你的情绪？”

禹汐不动声色，告诉那女生是莫扎特的安魂曲。女生先是一阵静默，似乎是信了。小提琴男生突然笑了一声。那女生羞愧得满脸涨红，仿佛受到了奇耻大辱，指着禹汐声色俱厉地颤抖：“你不要狗眼看人低！”跑去后台哭，粉丝团和排练舞台剧的学生都凑过去劝说。

“这件事跟你有什么关系？”我诧异道。

“我不知道。”禹汐坐下在钢琴前，似乎已经习惯被人误解了，“后来我明白了一件事，女生闹矛盾，哭得凶、有人帮着说话等于占理，不是每个人都傻，看不出问题，而是在这个群体中占据人数优势的，外人愿意帮。女生无法为自己辩解，尤其是没人支持的情况下。但是另一方面，男生不需要这些，只要说出来，大家觉得他说得就是道理，因为他是男生，所以他比女生理性让人相信。”她翻着琴架上褶皱的谱子，慢慢地翻阅着。

就算是日常见面的左右邻居，也谈不上了解对方的事，更何况是来自不同环境的同龄人。看得出，禹汐不太善于辩解，也不屑跟别人对峙，辩解被认定的事是徒劳的。她这么做，使得看不惯她的人更看不惯。

“我是在逃避生活，逃避成长必须承受的世故。”禹汐忽然道。

“什么？”

“冉茹对我说的，她认为专心艺术的人，要任性一点。我辜负了她，她去世以后，我不想再继续下去了。”

优美的钢琴声流泻而出，琴键上的她像个吟咏诗人。她母亲坐在外间的椅子里，望着阳光，望着远处。

没有一种永恒能超越死亡的固执，生命的流转需要某种歌颂或隆重，这是有去无回的，这是没有他日可以偿还的。

冉茹的去世重创了她的家人，认识、见过她的人流着泪告别后，会继续自己的生活，爱过她的人会再爱上别人，也会找回自己的生活。

“她父母的悲伤永远定格在了那一刻，太年轻，太短暂，这样的痛苦不会结束的。”禹汐停下琴声，不无哀伤地说，仿佛又回到了那时那刻，“她爱上过一个比她小五岁的男子。那时，我想的只有，至少她爱过别人，这样就好。”

“你刚才弹的是《Gloomy Sunday》？”

“嗯，冉茹喜欢这首曲子，也喜欢那部电影。”她合上曲谱，皱巴巴的页码，像是被揉皱过很多次，最终还是幸存了下来。“她并不惧怕死亡，而是伤心终会被遗忘，悄无声息地消失。”

琴声响了起来，她弹起了那首曾让她“惹上”麻烦的《梦幻曲》。

冉茹去世之前，禹汐的家里正经历着翻天覆地的变故。父母亲闹离婚，闹得不可开交。她母亲从那时起精神状况越来越差，关了店铺后被娘家人接去住了一段时间。长住是不可能的，久而久之，矛盾也多了起来。

禹汐的继母有个女儿，她跟着父亲到了这个新家，她是外人。她父亲希望她早点嫁人，当初也是考虑到女儿迟早是要嫁到别人家，家里一切事情交给现任妻子，意思很清楚：寄人篱下，钱和房子是没有的。

“你后来去日本是被他们气走的？”我说。

“华卿来问我，正好有个机会，加上我会弹钢琴，那边正好需要人。”禹汐笑了笑，表情暖暖的，“人只有在受尽委屈、接近绝望时才会明白，还有一个人奋力跑向你，究竟是件多好的事。我觉得自己遇到了两个贵人，教我钢琴的冉茹和了解我的华卿，与华卿吵架他很会看准时机来讲和。我不去和宁则维有关的场所，我不想让华卿为难，我知道他和宁则维是很好很重要的好兄弟，但我跟这个人就是互相看不顺眼。”

曲谱的背面有个潦草的名字——仲轩。

“冉茹爱过的那个人，我见过他一次，很有才华的吉他手，组建了一个乐队，冉茹参与过乐队的活动，拍过许多表演时的照片，她是键盘手，替他们写曲子。”

“那些曲子还有吗？”

她摇头：“录过一张唱片，但没有发行，成员离开了，来了新成员，矛盾总是不断。冉茹成了音乐教师，仲轩不愿妥协，他离开了自己组建的乐队。”

当初意气相投，难免曲终人散，各奔前程。当初的误解冲突，没有和解的一天，不满可以暂时被搁置和尽量地习惯，却从不烟消云散。

“我继母的女儿交了个男朋友，商量着结婚的事。继母未来的女婿，那个准新郎叫宁则维。”

我惊异地看着她，以为她在开玩笑。

她面无表情地看着房间一角：“不是那天她领进家门，我也很难以置信。”

“华卿也知道？”

“嗯，所以他一直劝我化解矛盾。我认为从他的立场看，这么做是好的，但我做不到。不是微笑、握手言和事情就会烟消云淡，保持这种远远的互相鄙视，提醒自己不要摔得太惨，我能够忍受下去。”

禹汐的母亲走进来问她晚上想吃什么菜，她放下谱曲，说：“我下厨，简单点。”

“我现在觉得，你是被每件事逼着走到今天这一步的。”我穿着运动衣，起了大早等禹汐晨跑。她房间的窗台上摆着两盆白木兰花，华卿在花鸟市场买了送她的生日礼物，提醒她多出去锻炼。

“走，我们去跑步，要早睡早起，养成习惯去锻炼。”禹汐身着白色的运动衫，开心地跑在前面。

[如果吸血鬼 是文艺范儿]

禹汐说她出生在中元节，外号“讨债鬼”。她母亲要去亲戚家住两天，嘱咐她晚上早点关门。

“你生日啊！”我说。

“农历生日，我只过西元的。”她说。

我隔三差五去店里溜达一下，没有包裹也去。她店里时不时会出现一些新奇有趣的小物件。店里陈旧的壁纸被她撕了个精光，换上温馨漂亮的海报，她适当地粉刷过一遍，店铺变得明亮了许多。

我很惊讶这些工作都是她一个人完成的，两个比较沉的物架重新挪动了位置：“这也是你一个人完成的？”

“老妈想帮忙，我不让，我一点点移过去，借力使力。”

“华卿没有帮你的忙？”

“他看了很吃惊，让我以后不要找他打架。”

“哈！”我赞叹道，“这些吸血鬼的海报，不会吓着人吧？”

“不会，多好看啊。我找了好几家店铺才筹齐所有我喜欢的吸血鬼电影海报，这个题材从来不会过时。”

“暮光系列在哪里？我喜欢《吸血鬼猎人林肯》。”我说。

禹汐的表情似乎有些不好意思：“我喜欢《暮光》的第一部，还不错。”

“那是。”

“我曾做过一个非常奇怪的梦，梦见自己是故事的主人公，但我成了一名狙魔人。”禹汐想了想，继续道，“到现在都记得，我还把这个梦境画了出来。”她拿出一本厚实的手账，她用文字和水彩画记下了她的梦境。

优美的画风十分吸引人，我忍不住道：“我可以看看吗？”

她迟疑了一下，表情认真而严肃：“不许笑我。”

“发誓不会。”我郑重道。

狙魔人禹汐

南方沿海城市的阳光太充足了，大街上一眼望去都是深肤色的人。我不是他们中的一员，虽然日光浴只是搬张椅子去离家十几分钟车程的海滩，男孩们很帅气，我也有合适的游泳衣吸引他们的注意，可白天我需要储备精神，夜晚才是我的世界。

不，我不是吸血鬼。这个城市很少出现吸血鬼，所以父亲不愿意待在热闹的北部边陲小镇，选择留在了偏僻、终年阴雨不断的南方小镇。有好几次我恳求母亲，我要搬去和父亲住，母亲知道我的真实想法后，她想尽办法让我留下来，直到后来她遇到了一个可以结婚的男人，我才有机会离开这座阳光迷人的海滨城市，去父亲的家。

听父亲说，我们禹家世代都是狙魔人。十九世纪时从南到北，又从北到南，整个家族不断迁徙，开枝散叶，不变的是追踪一种嗜血残酷的物种。祖父曾在一次行动中身受重伤去世。回想祖父一生的经历时，我会轻抚手上的伤疤，这是幼年时和祖父上山打猎被野狗咬伤留下的。

父亲当起了警察，没有什么身份比这个职业更合适他了，便于获悉镇上居民的背景来历。我来到父亲家的那天晚上，父亲对我说过一件事，他注意一个姓宁的家族很久了，男主人是个优秀的外科医生，镇上的居民都很喜欢他。父亲暂时不能轻举妄动，而以他的判断来看，宁家夫妇早已将自己的本性隐藏得很好，没有下手的机会。他们的几个孩子在学校里自成一圈，不与外人交往，套不出任何口风。

来的路上我嗅到了一阵阵血腥气，我知道这个小镇将会有很多事发生，父亲一人已是不堪重负。我动了很多念头，其中之一是找来华卿，我并不想利用他，谁让他是唯一能走进宁家的人呢？

学校的饭厅里我看到了宁家的五个孩子，宁则维是宁家的独子，另外四个都是他的堂兄弟姐妹。走在最后的男孩一脸忧郁而孤独，这类物种最常用的招数是散发他们迷人的气质，然后为所欲为。华卿告诉我，忧郁的叫宁则维。他的目光正穿过人群向我看来，他阴郁的苍白的脸上，有一双漆黑的瞳孔。

学校停车场的车祸，是我和父亲商量的结果，父亲原本坚决反对这样做，我事后想起来也害怕万分，可当时想到的都是一双深深的眼睛。一辆骤然冲出的车向我碾来，如果不是电光火石间宁则维冲了出来，挡住车，我恐怕没有逃脱的可能。周围的人喊叫着奔向我的时候，宁则维已走开了。我必须要尽快引起他的注意，我押对了。

我知道他会冒着暴露他身份的可能采取行动。从走进教室和他一起完成生物实验那天起，他整节课都不说一句话，吸血鬼的嗅觉异于常人，他看起来失控了。事情有了好的开端，我对父亲提议接下来的步骤，父亲却那么疑惑惊讶地看着我，眼神中充满了某种哀伤。

一件件意外的发生，都是经过我精心设计的步骤。和同学去镇上购物，我知道宁则维也在附近，我找了一群混混演了出英雄救美的戏。吸血鬼能听到一个人心里想的事，是在他吸了那人的血之后，宁则维是例外。他很容易就能听到任何一个人的心事，可他听不到我的，他那么忧郁地看着我，显得很沮丧。他们这群平均已有上百年寿命的怪物，比常人多出那么多的时间练习骗人伎俩。我为了要引起他的注意力做足了准备，从中也有父亲的帮助，可眼看离目标越来越近，父亲毫无征兆地说出要我离开宁则维的话，他甚至想方设法把我送回母亲的家。

我越来越喜欢这里的阴雨天气，反而不能习惯偶然出现的阳光，偶尔去山上散步，精神会变得更好，看着湖面上自己的倒影，神采奕奕。这场狙魔行动中，最大的转折点是挑起吸血鬼家族之间的冲突，仅凭留守在此的狼人，以及他们从前订下的契约，守株待兔的时间未免太长了。

宁家终于杀了他们的同类，那时我只能暗自窃笑地装晕过去，以免被看出破绽。醒来后虽然只能拄着拐杖，宁则维却一直守在我身旁，华卿也常常来看我。我知道他们的友情有了隔阂，这也是我计划中的事。

宁家突然决定离开是我始料不及的，虽然各种意外我都做了准备，为了不引起他的怀疑，我极力掩饰我的失落。我本有机会和他一起离开这儿，但时机并不成熟。自从父亲说出让我回去和母亲住后，他不再给我帮助，狼人的首领只和父亲最熟，我得留下来，寻求华卿的帮忙。

也许，宁则维会回来。

华卿陪着我的那段时间，我会定期发邮件给宁家的女孩，我仍然要赌一把，要成为一个真正的狙魔人就一定要有过人的胆识和谋略，我甚至能感受到流淌在身上几个世纪以来家族中一脉相承的狂热血液。

为了宁则维的归来，我和宁家女孩拼命赶去阻止他在阳光下暴晒死亡，真是心力交瘁。如果他就这么被天堂召唤，我所有的心血都白费。这一次，我又赌赢了。

我知道华卿因为这件事非常愤怒，我希望的就是这样。

宁家被仇人找上门了，声势浩大的大队人马。狼人对于吸血鬼们频频的动静，早有怨怼，这一次，华卿一定会有行动。

这两个怪物之间的战争，与其枉死无辜，不如让他们自相残杀。

宁则维考虑得太周到，以至于我来不及布置线索留给他们的仇家，在山上等着他们火拼的时候，我利用华卿对我的爱慕，来了个深情的接吻。宁则维当然知道，他并不像看起来的那么冷漠。

尽管父亲一直瞒着我，我也知道祖父是被吸血鬼咬伤致死。

父亲从未放弃过猎杀这类怪物的决心，可眼看时机来了，他为什么不告诉我原因就要放弃？

我体内流淌的血液变得更加汹涌澎湃，为了激起狼人、吸血鬼之间的仇恨，我半夜三更出去制造了一起起事故。为了逼真，我化妆成吸血鬼在公路上拦劫车辆，用这种方式激起人们对他们的仇恨。我不会去用父亲的方法，连他都不知道的一件事是，我超越了自己的极限，我发觉自己可以在树林、灌木间飞快奔走，每到月圆之夜更让我疯狂，这是祖父从小对我的训练使然。父母亲会分开，很大一部分原因在于他们在对我的教育问题上互不相让。

华卿和宁则维这两人，是我深思熟虑的结果，虽然他们钟情于我，但要让事情朝着我设想的方向发展，我就必须选择宁则维。华卿会不停止他的不满，我若是选择他，宁则维很可能会成全地走开。

这场大战还没达到我预期的效果，我打电话告诉华卿说会嫁给宁则维，不论在任何一种情况下，他都是我的第一选择。华卿极其生气地挂了电话。

第二天，我去找宁则维，哪儿都找不着他，一连几天都是如此。宁家夫妇出远门去了，其他人都不待见我，连宁家女孩也是表情暧昧。回到家，我问父亲出了什么事，为什么连华卿也找不到。父亲满脸的哀伤，眼眶红了，他说：他们死了。

一年后，当我的精神好转，从医院里出院回家进行调养。父亲告诉了我一个家族中流传的秘密，我这才知道所有事情的经过。

祖父在刚出生时就被狼叼走，家族中虽然从未放弃寻找，但也知道生还希望渺小。可就在差不多六年后，猎人从狼窝中发现一个狼孩，经过反复跟踪调查，最终确定这是名走失的男孩。家族中为免遭人非议，不断迁徙变更家族姓氏，在多年的细心教化下，祖父渐渐从狼孩成长为一个正常的青年，可他的心仍然是狼人。他很长寿，一百多岁时依然看起来很年轻，像年轻人一样上山打猎，他每天晚上会讲一个狼人的故事给我听，我深信狼人和吸血鬼的历史。

我变得和同龄人越来越难以沟通，父亲不忍心看我发病下去，将我接来他的家。他和我说起宁家的事，他最初怀疑这家人有拐卖孩童的嫌疑，后来查证并不属实。宁家的行踪神秘，是为了躲避仇家，他们每过一段时间便要搬去新环境生活。在宁则维的抗争下，他试图脱离家族，独自生活在南方。

华卿是安插在此地的卧底，他和宁则维之后产生严重分歧，这件事成为引来宁家仇敌的导火索，这是我的大好机会。为了能成功将宁家和他们的同伴一网打尽，我告知华卿我要和宁则维结婚的事，狼人深知其中的利害关系，自告奋勇要求参与。我和祖父不一样，他试图化解矛盾，而我发誓要清理这两种怪物。我安排了一场盛大的婚礼，宁家的人都在，在婚礼宴会上，大开杀戒。

父亲曾对宁则维提起过我的病，在我做出种种出人意料的事后，宁则维选择了沉默，在他的眼中，我是个可怜的疯子。现在，每天我都会按时吃药，幻觉出现的时候少了。同时，我一直努力完成医学院的课程。父亲推测说，祖父虽然成年后已经像个正常人，但他的生活习惯上秘密保持着狼性的一部分，我年幼时以为被狗咬伤的疤痕，也许是狼吻。

对我而言，梦境和现实是不可分的，我仿佛又看见宁家的孩子又出现在众人羡慕的目光中，我唯一的朋友华卿在向我挥手。我搬回了母亲家，或许有一天，我还会与他们重逢在某个阳光大好的天气，聊一聊那些愚蠢、狂妄的过去。

看完有好一会儿，我对着纸上的“完结”发呆。

禹汐说不要评价，我点点头，把手账还给她。

“你画了多久？”我问。

“一个月。”她把手账放回柜子最深处，“去年中元节完成的。”

我就喜欢那些永远搞不明白的事儿

听说薛齐是去二十四小时餐厅蹭空调撞见他未来丈母娘的。

那时，我们几个都喜欢三更半夜去吃火锅，大家凑份子，火锅店越到晚上生意越好，附近的小阿飞也都出来溜达跑酷，一开学每个都是苦瓜脸。

每晚出来买份麻辣烫的席汐，优异的成绩把方圆几十里的小伙伴们都比下去了。

要是有人故意打趣问薛齐，“哪个是你丈母娘”，准有人跟着起哄。

他尽管以守为攻，实则内心强大，不仅忍住不说，还能憋出一股子瞧不起人的傲娇气质，来上一句：“跟你们说，你们也不会懂。”

我等凡夫俗子，一声叹息，就算了。

席汐每次买完麻辣烫直接回家，她不太搭理我们，有次在门口排队，她排在我身后，看了一眼店内，说："你一个人？"

我当然摇头，一个人吃饭被"抓个现行"为什么还要坦白承认呢，就说："我来占个位子。"管她信不信，我不看她古怪的表情。

"就每天吃这种东西啊？"

身后一个女子尖厉的声音窜出来，我看一眼玻璃窗，反射出一个中年女子正对着席汐斥责，她当没听见接过塑料袋往外走，那女子跟着她继续数落。

席汐的父母在她十岁左右离了婚，她判给了母亲，一年到头母女俩也见不到几次，她母亲要四处打理生意，塞钱给亲戚家轮流帮忙照顾她。

我猜那个中气很足的中年女子是她姨妈。

后来才知道，那其实是她亲妈。

"你喜欢的不是她吗？"某天，有人问薛齐。

他挤眉弄眼半天，反问一句："没有别的女生了？"

我们几个觉得不太可能，薛齐念书时成绩平平，长相、家境也没给他加分多少，常规点说三好学生的席汐不可能注意到他。他们在火锅店撞见那么多次都没说过一次话，席汐每次出现，像是戴着副"生人勿进"的面具，要是她亲妈是灭绝师太，她就是周芷若。

薛齐那样子，撑死也就宋青书的命。

“你和席汐不是很熟吗？”解轲对着我说。

“只是隔壁班，聊过几句闲话。”

“哪类闲话？”他继续追问。

我咬咬牙，说：“我被老师叫上黑板做题目，没做出来，中午留堂了。跑去食堂吃饭时，没饭吃了，我就去食堂后面的小弄堂叫面吃，结果看到席汐在那儿。”

“她肯定不是做不出题目。”解柯道。

我白了他一眼，他继续问：“她在做什么？”

“她妈妈来学校，听说为了转校的事，她不想在学校为这件事争执，就躲在洗手间，饿到不行才跑下楼买吃的。”

解柯惊怪地看看我，说：“她还很叛逆的嘛。”

席汐在学校的名气得自她的优异成绩，外表不算漂亮，人很瘦，个子高挑，坐在最后一排。那回在小弄堂里站着吃面，担心下午上课的时间迟了，我们都吃得狼吞虎咽，吃完笑嘻嘻地打饱嗝，以后在走廊上遇见就点个头。

旁人看起来我和她关系不错，但可能因为我的成绩并没从此名列前茅，渐渐就不大有人注意这件事了。

我有些奇怪解柯这种神经大条的男生怎么会知道这件事，想着打听一下，他跟薛齐正起劲地聊球赛，旁人压根说不上话，便不问了。

走出二十四小时餐厅时，发觉放起了《突如其来的爱情》，解柯接了电话很快就走了，薛齐疑惑的表情，似在说：好像在哪儿听过。

“旧爱的誓言就像一个巴掌，想起来就挨一个耳光。”

席汐更新了签名，现在即便同时在线，也不会想到叙旧。

某天快下班时，她忽然在线上问我：“那家火锅店还开着吗？”

大学毕业后她搬了家，前几年听说她出国，后来又没成行。学历高、能力强的人，在哪儿都不缺机会。

“拆了好几年啦，现在不管学生还是大妈大叔，都喜欢去二十四小时餐厅蹭气氛。”我回道。

“就是那家老放怀旧歌曲的餐厅？”

“是啊。”

席汐好一会儿没回复，我收拾东西准备走人，她忽然跳出来说：“你知道吗，我有次看见那个跟你很熟的男生和女孩子在那儿。”

我想了想，除了解柯和薛齐没别人，他们经常在那附近转悠。解柯换个女朋友就把周围逛一遍，最喜欢带女孩子去打网游，他专注得没有一个女孩不是坐下不到半小时就甩脸走人，而他总是那句话：“知我者，得以同行。”

解小开家里条件还不错，没什么去外面闯一番的志向，但热衷扛着相机做个文艺青年，他爸妈还算支持，不时给杂志社做些拍摄工作，养活他自己足够。他谈过好几个女友，最后都不知怎么吹了。

“解柯吗？他又换女朋友了？上次听说他认真交往了一个准备结婚的。”我说。

“他认不认真交往不知道，分手倒是挺认真的。”

解柯和席汐结梁子不是因为互看不顺眼，听解柯的口气两人还很有些互相欣赏。坏就坏在这里，他脑短路时总会将身边的人牵扯进他那堆乱七八糟的事里。他约席汐出来吃饭聊天，说是感谢她以前给他补课，使他个位数的成绩蹿到了及格，还特意提到了他母亲对席汐的赞赏。就算席汐内心真是个孤高的优等生，听到这样的评价也会非常开心，于是，打扮得漂漂亮亮去赴约。

“后来发生什么了？”我问。

好多年没见，席汐变得漂亮而秀气，出众的身高，穿衣打扮像个瘦削的模特，她出现时引来几双目光看了又看。

餐厅又开始循环怀旧歌曲，是原版《Lemon Tree》。她一听便笑了起来：“好酸的歌，解小开有这张专辑，后来归我了。”说到那次他们吃饭，席汐想了想说，“本来那天我不想去，可是我讨厌下雨天，如果不出去走走，我又会枯坐一整天，那时考试都结束了。解小开的智商跟他的考试成绩差不多，但是情商高啊，他总是有办法说服别人答应他。”

“结果呢？”

“别开生面——”她大约权衡了下用词，说，“他给了我一个惊喜。”

我等着她说下去，她道：“我屁股刚坐下两分钟，就差点被人把饮料泼脸上。我的日子虽然没他这么精彩，至少安全，每天过得很安全。”

“他给你安排了什么节目？”

“他利用我跟他女朋友分手，前后两个，一箭双雕，就在这个餐厅里，餐盘、饮料都举起来了，我考全年级第一名也没那天这么出名。反正，后来就再也没脸来这吃东西了。”

解柯从不刻意引人刮目相看，譬如他订婚的消息传开后，连久不联系的薛齐也在线上问我知道这件事吗。

“你们不是好兄弟吗？”

薛齐去了另一个城市工作：“很久没联系了，你见过他女朋友吗？”

“当然没有……见过也记不住，他的女友们都差不多类型。”

始终，没有人知道薛齐当时说的未来丈母娘是谁，他交往过的女朋友后来都不了了之，一个人在异乡似乎铆足了劲地努力。

快过年时，传来解柯结婚的消息，当时我在二十四小时餐厅蹭暖气，下了半个多月的雨，到处阴冷晦暗。

一对母子坐在窗口边，儿子在做功课，刚从补习班回来，抬着小脸问他母亲："这几天不去补习班是吗？"

他老妈皱着眉头，问："你这次考几分？"男孩趁他老妈走开时，翻答案偷看，被他老妈活捉，很快被拖着回家了。

我还在琢磨那男孩以后会不会再来这里吃东西时，薛齐发消息说他回家了，约了改天一起吃饭。

解柯的大喜日子定在大年初五，酒席按照他家的规矩多半很铺张，他在好友圈里说婚礼很简约，结婚后就移民。他打电话约大家去他的单身聚会，席汐说她也收到了邀请。

"你会去吗？"我问。

"当然，他好像还邀请了以前的女朋友。"

"胆量不小。"

"都结婚了。"

聚会上，有几个人看上去很眼熟，如果不是在这条街巷附近跟着解柯转悠过，就是从前的校友。

解柯早就被灌得脸红脖子粗，坐在沙发上休息，比起以前那股不羁的少年气势，他有点发福的趋势。作为文艺青年的他前两年开始打理他父亲的小公司。我和他打了声招呼，他冲我点点头，一旁的席汐向我招手，他忽然转向她说：“你怎么还没结婚？”

席汐被他的问题呛了一下，立刻回敬过去：“你要做媒公吗？”

他耸肩，说：“追你的人又不少。”

“是啊，有你设圈套，我到哪儿都很受欢迎。”

他笑了起来：“我怎么听说薛齐追过你，你压根不搭理人家？”

席汐奇怪地看了我一眼，似乎在问我知不知道。我摇头，完全不知情，当初也没看出来有这种迹象。薛齐后来总有些神神秘秘，知道他情况的人不太多，他说会来参加解柯的聚会，两人也好几年没见了，却到现在都没看到他的人影。

解柯喝光杯子里剩下的酒，转身让服务员再送些过来。席汐一脸不依不饶，追问：“你到底在说什么啊？”

“他那时去火锅店不就为了等着见你吗？好几次想跟你搭讪，你都拿着外卖头也不回地就走。”

“我姨妈在骂我啊，你们不是都看到了吗？”

“那不是你亲妈吗？”我好奇道。

“姨妈和亲妈长得很像，骂起我来就更没差别了。我买麻辣烫不是我吃，我住在姨妈家，我表妹脸上发痘痘，专门买给她吃的，就是想气他们。”

解柯听得酒也醒了大半似的，说："你跟你表妹多大的仇？"

席汐咬咬下唇，说："你把我当挡箭牌这件事，多亏了我表妹，学校、家里都知道了，因为那天她也在餐厅和同学吃饭。至今我妈还会问起你——"

解柯突然站起身，对远处挥手："你来了。"

我回头一看，是薛齐来了，身旁站着一个女孩子，女孩瞥了一眼席汐，表情很古怪。

两个男人久别重逢，勾肩搭背地去抽烟，解柯想开溜很明显，薛齐又是怎么回事？

被撇下的那个女孩，她看了我一眼，转向席汐说："表姐。"

"表妹。"

于是，沙发上再没人开口说过一句话，开溜的两个男人都不见回来。

解柯的婚礼我因为外出没去参加，看到席汐在主页上发了几张照片，薛齐带着那女孩一起参加了婚礼，他这次回来听说是不走了。

从前看起来木讷不善言辞的薛齐，已是独当一面的公司主管。

电话上席汐忍不住又抱怨了几句解柯，她把更多的照片、视频发给我看。我看到解柯在走向新娘时，目光不经意地从席汐脸上掠过，看向新娘时目光收敛而沉静。席汐脸上堆着笑，偶尔对着某个方向看一眼，她没发觉解柯的眼神，似乎也没找到目标，在一堆喜悦的人群中，她努力保持着笑容可掬。

视频快结束时，薛齐忽然落入镜头，身边的女友细心地替他整理衣袖，他低头在对她说话，隔着桌子的席汐回头看了一眼，很快转了回去。

我对席汐说起薛齐“未来丈母娘”的事，她听了之后，说：“我猜到有这事。他跟人打赌追谁家的女孩子，要挑战大的就从挑丈母娘开始。我姨妈在街上骂我的时候，正好入了他们那帮人的眼，说真的，姨妈的火力比我老妈差多了。”

“他胆量比解柯大多了。”

“还很执着。”席汐忽然沉默。

“有时，就差了点因缘际会。”

“他一直以为我和解柯在一起，看到我表妹外套和书上的饮料，就更加信以为真了。”

“不是没扔出手吗？”

席汐在电话那头笑了起来，解释说，举在手上的那杯饮料里只有冰，她喝冰饮料都是两者分开装，她当时条件反射地抓起装饮料的那杯泼了出去，不仅解柯的前女友们遭殃，连离得不远的一桌人也不能幸免，偏偏那桌人里就有她表妹。所以，她表妹跟薛齐绘声绘色地描述经过时，席汐也无可奈何。

“那你也算报了个小仇，没损失。”我说

“有啊，解柯被吓坏了。”她大笑，笑得特别开心。

[就像牛奶、面包和报纸一样，衣橱里的每一件衣服也有保质期]

看到福康店里贴着张大甩卖的单子，我很好奇发生了什么。

禹汐瞄了一眼：“帮一个朋友贴的，一个购物狂、囤货狂，不买全颜色会抓狂。”

“现在为什么要甩卖？”

“还信用卡。”

我和禹汐深有感触地点头，我说：“你去吗？”

禹汐犹豫不决，自从她打理店铺后没有关过店门一天。她母亲听见了，说：“你去吧，早点回来。”

甩卖的地点是在一个校区附近，不仅有手头宽裕的学生，还有出手阔绰的上班族。参加甩卖的卖家不少，打出“消遣与保质期”的主题。

甩卖开始没多久，来者已挤得熙熙攘攘，人们必须缩着肩膀、

就像牛奶、面包和报纸一样，衣橱里的每一件衣服也有保质期

踮起脚尖在人群里突围。禹汐的朋友宋辰坐在一颗吹气糖果椅上，一脸兴致勃勃地听人聊天，不时插嘴提问。

“长得不帅介绍给我们认识无所谓，长得帅就不用了。”

“为什么？”

“为了帅哥随时打一架，到时候再决裂，太费时间。但要是尽管长得帅，你还是很讨厌想甩掉，可以先验货。”

“我就是这个意思啊！”

“他不行？”

“听说他是 Gay 啊！想找人结婚生孩子，家里逼得不行，我要是外边没花头也就咬牙算了，可我摆不平啊，这事你们非想个办法帮我！”

“你的阿飞男友摆不平？”

“到时候扳不回来怎么办？”

宋辰和说话的两个女子同样陷入了深深的沉思中。

这时来了个活动策划人，周围认识他的卖家都叫他小安，他和宋辰是经朋友介绍认识的，说服宋辰把趸货出售的也是他。他的理由很打动人：“就像牛奶、面包和报纸一样，衣橱里的每一件衣服也有保质期。”

小安自宋辰她们闲聊起来便目光一刻不离，他送了饮料过去，

顺便在她们身旁的空位上坐下，说：“你们吸引了很多人的目光，打算继续你们的小团体吗？”

禹汐不太看得下去地把目光转开，对我说：“小安不提醒她们，她们不知道今天来这做什么的。”

“至少要把场地费赚回来。”我立即想到了福康店，愈发觉得禹汐的不容易。

“我们可不是冷落你，你才刚从人堆里解围出来。”宋辰笑着对小安说。

小安很开心，只要不拿他家里有块地开玩笑，通常他很好说话。在老家，他爸等着他回去经营土地吃饭。他是个心软又话多的小胖子，他策划过各种大大小小的活动，他的朋友们都叫他小安，工作上的伙伴叫他安老板，他确实有老板的气度，外形气质、穿衣风格，盯着人做事时没人怀疑。

“你凑过来聊天，是想给我们介绍男友吗？”一人问。

小安笑吟吟地看着对方：“我需要想一想……是有一个，IT 男，洁癖、守时、斯文。”

“听起来像奶油面包。”宋辰冷不丁地冒出一句，“长得像土豆吗？”

“像马铃薯。”小安讥讽道。

所有人都笑了起来，宋辰笑得脸都红了。

这时，有几个人走来跟小安打招呼，邀他过去说事，他走时忽然对宋辰说了句：“考虑一下。”

宋辰笑嘻嘻地没回应，有几人过来问她衣服的价格，她赶紧张罗生意去了。

禹汐拉着我去逛，说：“她和之前的男友就是因为这事分手了，她爸妈剪了她好几张卡，还是没用。

“你也劝过她？”我问。

“我店里有一部分东西是她的，她老妈当时问我有什么办法，我说自己有个小店，她老妈赶紧收拾了一大包给我，我就趁着她没注意拿到店里上架。”

“她现在还不知道？”

“她只管趸货，无法每件都清点到。我就怕她来我店里认出来，账簿上我都记着，就是比较头疼以后怎么跟她解释。”

“怕她杀了你？”

“怕她把我扔进她的‘仓库’清点细软。”禹汐笑道。

甩卖会结束，宋辰的进账还算不错，除去场地费，余下的钱足够还她这个月的信用卡。她开心地要找禹汐去吃晚餐，说要订在一个环境优美服务一流的餐厅。

禹汐拉着我说：“我们正要去买早餐，你要不要过来吃豆浆大饼？”

早餐店人不多，一个母亲对着女儿敦敦教诲：“衣服少但是面料好，比买一堆廉价的破烂衣服好多了。技巧就是把衣柜清空，再慢慢扩充。”

“一件能穿一个礼拜吗？”女儿反问。

我拿着早餐盘赶紧找个靠近点的位子坐听她们说，禹汐怪异地看了我一眼，也坐了下来。

“鞋非常重要，比手袋重要得多。记住，当你穿着高档衣服时，一双烂鞋会马上把你打入烂泥地。”那母亲说。

“你的每双鞋都丑得像烂泥地里捡回来的。”女儿反击道。

那母亲气得把筷子扔了，母女俩大眼瞪小眼。周围的人惊奇地看着这对母女，连生气时的表情纹也一模一样，基因真是强大。

宋辰拿了碗粥过来，说：“这里的服务生真傲慢。”

我看了眼她下巴指的方面，禹汐说：“人家不是服务生。”

宋辰眉毛挑高：“幸好，以后不用在这吃早餐了。”她看了看那个被错认是服务生的男子，对方坐在窗口边打电话。很快，她积极地撺掇去漂流玩，我看着她一脸兴致高昂，禹汐压根没在听。

“网上订票就行，行程不远，晚上住在小镇的酒店里，酒店的位置靠近夜排档，吃不惯还有海鲜排档。”她越说越来劲，翻着手机随时准备预订，对着我说，“你看这间怎么样，还有像这种超

就像牛奶、面包和报纸一样，衣橱里的每一件衣服也有保质期

大空间的套房，怎么样怎么样？”

“你信用卡还了吗？”禹汐无动于衷地看着她。

“月底还。”宋辰扁着嘴说。

“现在就还，快点。”禹汐口气温和，却不容置疑。

原本一脸灿烂的宋辰，渐渐撇下嘴角像是要哭了：“等一天。”

“不行。”禹汐拿出小账簿，前后算了算，“你要还这个数，不是最低还款额度。”

“下午还。”宋辰抓着手机满脸委屈。

“你还有两张信用卡的钱要还，月底之前还有两场甩卖会，小安跟你说吗？”

“说了。”

“现在把钱还了。”

宋辰苦着一张脸，眼泪差点掉出来，尽管非常不情愿，还是慢吞吞地把钱还了。

我吃惊地看着她们两个，心想她们一定认识了很久很久。

这件事过了好些天，我才终于抓住机会问禹汐：“你究竟是怎么做到的？”

“她之前的男朋友已经到谈婚论嫁了，人挺好的，很让着她，有时她老妈说她乱花钱，她男友还会帮着她。宋辰很会关心别人，买起东西来收不住，商量婚房装修的事跟她前男友吵了起来，她在

网上订了一堆装修材料，幸好被她老妈及时发现，大部分都退掉了。因为这件事，她前男友才知道她问题不小，两人商量了很久决定分手。”

“她一直都这样吗？”

“以前还看不出来，只觉得她喜欢整套地囤东西，起初是美容护肤品、衣服这些，后来无论买什么都要收齐一套，家里像仓库。”

我想了想，家里囤了不少书，每次买书也是整套……忽然觉得自己在这件事上根本没资格发表意见，说：“现在好点了吗？”

“她爸妈这次出狠招，说什么也不帮她还信用卡，她工作这几年一毛钱都没存下来过，听她老妈在电话里跟我说这些，我大吃一惊，没想到是这样。”

“要把东西全甩卖掉吗？”我紧张地问。

禹汐古怪地看了我一眼：“是戒瘾。人的心理容易对某件事产生上瘾的念头，会陷入一种强迫地想要完整的失控状态。我觉得戒掉是很难的，几乎是不可能的。我爸喜欢喝酒，年轻时喝酒喝得非常凶，他以前对我说过，酒瘾是戒不掉的，只能慢慢减量。所以，我觉得宋辰也可以慢慢学会控制这种念头。”

几天后的周末，我拿了新买的茶去找禹汐，店内的柜子前站在一个身影。禹汐叉着腰，另外一人手指着她。

一看这阵仗，我吃了一惊，进去一看，宋辰一脸气呼呼地指着禹汐正要说什么，她朝我看了看，又望了眼门外是不是还有人进来。最后，她对着禹汐说：“我当你是最好的朋友，你居然骗我，你跟他们一样的！”

“喏，这里是每一笔售出的记录，钱在这里，你拿去。”禹汐不甘示弱道。

“我不稀罕！这根本不是重点！”宋辰说得斩钉截铁，“你合伙他们一起骗我，你竟然一点消息都不告诉我，你要站在我这边的啊！”

一向沉默、隐忍的禹汐，也是一脸气得要死：“你知不知道再这样下去，还了得？”

宋辰扁着嘴想哭，眼眶红红的。

两人就这么僵持不下，瞪着眼睛。

我不知道在这个情况下说什么管用，尤其两人还是很多年的朋友，旁人的劝说，说难听点是很不知轻重的。

禹汐抿着嘴，冷着脸把脸转过去，看也不看宋辰一眼。再这么僵持下去，我猜想宋辰要大哭了，硬着头皮说：“先喝口茶，解解渴怎么样？”

“哪个牌子的茶？”宋辰口气开始松动了。

禹汐想白她一眼，结果忍住了，说：“我去烧水。”

突然，我觉得一场“暴风雨”悄无声息地过去了……

摆脱欲望的唯一方式 就是屈服于它

在看风景的路上，有失落的街衢、无处可去的熙攘情侣。变化万千的夕阳黄昏，夜幕下相似的影子。真心话藏在絮絮叨叨的倾诉之后，让人同情又厌烦。

周悱每次填单子都要跟人再三强调不是“菲”。她曾有个同学的名字跟她发音完全一样，念书时错收过几次男生递来的情书，没少闹过笑话。用她的话说，每次都是伤自尊、闹笑柄的“黑历史”，毕业很多年的老同学，还拿某个男生的情书跟她开玩笑。她最生气的是居然没有一封是给她的，递错成这样简直是侮辱人。

“你总是一副拒人千里的样子，怎么看，你都已经雌雄同体了。”我说，喝着她的功夫茶。

周悱买过一套茶具，特意为了冲泡她购置的极品茶叶，后来更是讲究了起来，连普通的茶叶也一道道工序地泡制。我一手拿了闻香杯，一手拿着茶杯来喝，确实比她平日随意开水冲泡的茶袋入口得多。

“我又不是灭绝师太，收到情书当然开心啦！可每次都有人在我看了一半时跑来说给错人了，还当着这么多人的面，根本就是存心的！”一说起来就生气，周悱的联系人里没准还拉黑了几个人。

“没有一个你看上的？”我十分好奇。

她一脸奇怪的表情，像被掐了一下的猫科动物，伺机发飙：“换成是你，你会怎么样？”

“没错得这么……远过，很难想象啊。”

盛夏的季节，逛完夜市，时间尚早我就去周悱家串门。十字路口新开的便利店前，摆着烧烤摊，用塑料袋装着回来吃。功夫茶搭配烤串，我在随身包里找到两块巧克力，这么热的天竟然没融化，周悱赶紧拆开咬了一口，提议下次改喝热巧克力。

她看上去心情不错，说到错收情书居然没像以往气得特别憋屈，我试探着问：“那些情书真的没有一封错点鸳鸯谱的？”

没声音，她塞了一嘴巧克力，再拆一块起劲地咬下一大块。她不搭理问话，也没有龇牙咧嘴地怪叫，哼哼几声当没听见。

感情上的事，女孩子都喜欢先保密，每次透露一点点，到后来情绪、想法越来越多，感觉实在瞒不住了，于是，熟悉的朋友们便都知道了。周悱想保密，大约是感情还不确定。我顾着和她抢烤串，暂且收起了八卦念头。

关于情书这件事，当初看了日本电影《情书》后，总是有种一厢情愿的好感。年少无知时朦胧的感情又朦胧又美好，以至于在后来还想要寻找那种怦然心动。然而事实是，电影上看起来很美丽，现实中经常让人倒胃口。

我和周悱约了在饮料店见面，刚坐下不久，旁边桌上一对热聊中的情侣很快互啃了起来，很年轻，很熟稔。周悱用手掌撑着额头，避开点眼角余光，无奈地苦笑。

“我以为至少你会习惯……各种意外现象。”我笑着说。

“我是怕吓着别人。”周悱压低嗓音小声地说，一边故作神秘地眨了眨眼。

“啥情况？”

“刚上完解剖课。”

我看着餐盘上的番茄酱：“解剖啥？”

“人体。”

“你总是让人意外。”我平静地说。她在医学院念书，对人体器官、部位以及各种让普通人脸热耳燥的名词都熟视无睹。医生是最少好奇心的人，早在他们实习时就见惯了各种匪夷所思之事。我赶紧追问：“说说有什么新鲜的？”

“上次送来一具尸体，常年吸烟的肺，大家都做好了心理准备，结果还是很多人跑去吐了。这次送来捐献者的遗体，供医学研究。”

“你动刀了？”

“不算，只是做些协助的工作。”周悱刚准备描述详细内容，一旁座位上的情侣已经收拾完走人了。她装作委屈地嘀咕，“我一定是打扰到别人了。”

在周围人怪异的目光中，我和周悱面面相觑一下决定离开饮料店。大街上，一眼望去，穿着睡衣的一对对情侣，笑骂着从身旁走过，不远处聚拢的一群人，抽着烟，大口灌着饮料，脚底下的木拖鞋踩得“哒哒”作响。化了烟熏妆的女人，怕弄花了妆，仔细地将手作木梳状整理，一人抓了抓身上的睡衣，与等候的朋友约定在酒吧见。经过的一对中年夫妇怪异地睃两眼，别过脸去，横竖看不惯，眼不见为净。来了几辆出租车将几个年轻人带走，不一会儿，又来了几个年轻人，断断续续，来来去去。

我和周悱都穿着短袖，沿着人群缓步而行，目光不离美食摊。每个星期至少有一天能撞见摆出来的摊位，一到这个时候便挤得推推搡搡。周悱忽然说：“我想试试看慢慢的生活，也许只有这么做，才会看起来好像一切都没有变。”

“怎么了？”

“无欲则刚，听起来不错，但会少了很多有趣的事。”

“那只是一种人生的理想境界，要看是对谁而言。”

周悱不置可否地看着街景：“要是喜欢上一个人呢？”

“听不出来这件事有什么不好。”

她很轻地叹了口气：“要是他很复杂，复杂到颠覆你以往的认知呢？”

“那说明你以往的认知太局限，他不见得是对的，但你也不该太惊讶彼此的差别。如果人只局限于自身了解的环境，太无趣了。”

周悱喝着手上的水果茶，“一个人时，情绪由自己掌控。两个人时，对自己的情绪无能为力。为什么不能既相互依存，又彼此独立？”

“这说明不是每个人都被下降头，”我说，她忽然转过脸对我笑了笑，“恋爱中的人需要被对方肯定，一再地肯定彼此之间的感情是双方的，而不是什么单方面的臆想幻觉。当两人的感情还不足以达到那种确定的程度，会需要一种约定俗成的信任试探。”

周悱说的那个人与她曾收到的某封情书有关，情况还有点儿复杂，爱慕者让人代写了情书，代写者不仅写了封文辞优美的情书，还自告奋勇地帮忙转交。因为是给错了人，自然就没有下文了。然而，峰回路转的是，周悱在医学院里居然与那位代写情书的男生成了同学，旧账被好事者透漏了出来，同学聚会上也被传得添枝加叶。

那时周悱总是说课业太重，家里对她的要求很高，无心顾虑恋爱。后来，各自毕业、工作，每个人忙着自己的事，再想起前事时，仿佛是回顾前世。

“我和他在一个医院。”周悱喝了口咖啡后加了块方糖，恍若无事地说。

我一下子没反应过来。本来嘛，学校里的那些小感情能延续到毕业后的，多半都奔着结婚修成正果了，工作后匀出时间熬感情上的事对一些人来说太奢侈。

“你们……在一起了？”我谨慎地问。

“不，”周悱转了转杯盘，“我见到他女朋友了，她来医院等他。”

一时分辨不出她的究竟意思，我“哦”了声附和。一些女孩注重打扮找个心仪的对象，另一些注重工作升迁，周悱差不多属于后者。在我的印象里，她似乎从没为了某个男生而忧愁过，她很少对一件事钻牛角尖，转过头便有了新的念头。忽然地，我猜测她和那个男生也许在那次“投错情书”后走近过，至少是一段时间。

“后来呢？”我问。

周悱在学校时常与那个男生在上下楼梯时遇见，她险些被身后挤上来的人撞倒，他绅士地及时扶住了她，下颏差不多擦过她耳际，他身上带着烟草的气息，他用指背划过她的脸颊。在当时的惊心动魄下，越不确定，越美丽。周悱的性格偶尔比较沉默，但不是个在男孩面前容易害羞的人。男生约她，她立即答应。

“我当时不知道他有女朋友。”她说。

我猜想着她可能说出的答案，先问：“他故意的？”

周悱叹了口气：“他说已经分手，分了很久。”

起初，那些听起来三角恋的故事，是否总是那么阴差阳错很难说，感情是复杂的，有时也会简单到一见钟情喜结连理。

周悱踌躇地皱着眉，忽然她从包里拿出一张卡片，质地厚实，花纹精美，卡片上写着一段话：我以为恋爱是无恶不作的彼此欣赏，是两个薄情寡恩的人笑看风云，是各怀鬼胎的悲观主义，是联手对抗世界。在我们看尽彼此的底牌，看透了彼此的阴暗之后依然相爱。有些爱情不是真善美，是你随手打开煤气，我划亮火柴。

我看完一遍，又字斟句酌地看了一遍，确定没有错过任何一个字以及可能误会的意思。

“今年情人节我收到了一束花，花里放着这张卡片。”她说话的声音很低，似乎在诉说一件她不愿想起的事。

“喜欢上谁是不由自己的。”

“包括这样的？”

或许没人能回答这个问题，我含糊地说着：“爱情与道德不该总挤在一起说，爱情与死亡才是永恒的，最终，每个人都希望爱过和被爱过。”

“我厌倦世俗的爱，我从来不相信那些明码标价的感情和婚姻，就像公园里替儿女去选对象的父母们写在牌子上的‘筹码’。每次介绍一个新的相亲对象给我，我都感觉到对方眼神中的估价，都一个样。爱情死了，连生活也死了。”

“那你就不要错过他啊！”我忍不住道，“就算最终天崩地裂，你也不用遗憾错过，人不到死的那一刻，永远不知道自己究竟为了什么活着。”

我不知道周悱后来怎么做的，她在医院工作了一段时间后出国深造去了，生活总是突如其来地改变。爱情是等于欲望的东西，让人鲜亮的生活或死而复生，否认是徒劳的，当看清了内心藏着另一个怎样的自己，也就渐渐看清了自己要走的路。

心累之人，徘徊在坚持和放弃之间

邮箱里一堆垃圾邮件，有一封来自联系人栏，时间显示为凌晨三点，应该是郑霏的时差，她被公司安排出去进修半年，大概会留她在总部工作。每次她发来新的照片，我和她简短地聊上几句，网络使一切变得简捷迅速，碎片化地说些没什么重点的话题。

越是看起来简单易懂，越要小心翼翼地，信息的分享越来越频繁后，相处变得微妙而言不由衷。

她在邮件里写：中午，同事们都去吃饭了，窗外阴沉一片的乌云，一不小心漏了几缕微弱的光透出来，躲在屋子里的人想出去又担忧。

图片上是阴郁天气的街景，她说了些生活中的琐碎之事。她不喜欢社交空间，从不会发一张照片在上面。她偶尔会问我看些什么书和电影，半年的进修课程已经快一年了，她年初拖着行李箱走的，过年前她在线上问我：“我要不要这个时候回来？”

“家里催着你回来过年？”

“我不想到处去亲戚家吃饭。”

“三姑六婆是烦得很，你也别忍着。”

“喝喜酒也这样？”

我琢磨了一会儿：“你弟弟小晋结婚当然要去啦。”

“去前任的。”

这显然是只在电影里出现的情节，谁会真的给前任发喜帖？

“为什么……会发给你？”

“你们认识，他看到过我和你的照片，说你们是老同学，他叫赵晔。”

好像是有这么个同学，已经完全想不起长什么样了，兜兜转转居然会这么巧。我说：“你去不去呢？”

“他未婚妻是我前同事，我猜，他未婚妻不知道，所以给我发了请帖。”

听得我好想去看看会有什么事发生：“你要是去，记得打扮打扮。”

“我不是去抢亲！”

“不用强调，你开心就好。”

郑霏赶在过年前回来了，风尘仆仆，比起一年前变化不大，身着职业套装，刚从公司开完会。她的职场风格与快餐店似乎不搭调，高跟鞋踩在旋转楼梯上一步步走得很小心，地板刚清洁过，上下奔走的大人、小孩一路推搡。

我端着餐盘，想起来今天是周末。

星期天的下午，空出的时候就像是闲置的摆设，有倒是好的，也没多大意思。让人感到人气的地方，同时伴随着吼声、噪音、争吵，以及人堆里特有的各种气味。

在二楼角落处，郑霏找到了位子，一坐下便说："我决定去。"

我拿过饮料，看了她一眼脸上的表情，平静、轻松，应该不是某种应激的表现。"你选好衣服了吗？"

"都选好了，还差一样。"

"什么？"

"男友。"

我点点头，说："应该的，这样场面也很好看。"

郑霏白了我一眼："你有推荐吗？"

我一直觉得生活太平静不好，会失去太多对未知的憧憬和信心，在没有得到最终明确之前，我说："我想到一个人，应该还没人要，跟所有人八字不合的那个。"

郑霏忽然恍然大悟，犹豫不决地说："他肯吗？"

“我先去打探一下，到时候你去说。”

区笠是郑霏的朋友，两人从前常常一起去音像店租碟看。那时流行租影碟，正版的一整套价格不菲。郑霏喜欢看恐怖片，甚至只感兴趣看恐怖片，后来才渐渐看些别的类型片。她让区笠去借《山村老尸》，他借了部《乡村老师》。郑霏闷着脸看完，到处跟人说：“听说过这么蠢的人没有？”

区笠当然不蠢，他整天一副半死不活的样子，人坐在椅子上，就看到桌子上冒出半个脑袋，急起来说话就结巴。谈过几个女朋友，脾气再好的女孩，一个月不联系直接分手。他似乎对什么事都不上心，在别人以为他快要完蛋时，他还是老样子。

我在线上跟他说了几句，他好半天才打了个“哦”，一会儿说有事要先走。我觉得这事希望不大，男生对充当伴侣这事有时比女生敏感多了，譬如他不想让人会错意，他和郑霏并不是男女朋友，关系最好时也就“闺蜜”。

晚些时候郑霏找我见面，她翻出她前同事和前男友赵晔的婚纱照给我，我说：“假设新娘真的不知道，仍然不知道。”

郑霏耸耸肩，一脸轻松的样子。我接着问：“你要是不打算去，可以找个借口啊。”

她沉默了好半天，忽然笑了起来，笑容越变越深，眼神却没有笑意。她说："晚上睡不着，我就起床翻来覆去看手机，不是等着谁，我在看工作邮件，一直一直不停地检查哪个部分还没做好，接着会把所有社交软件依次登录一遍，逐个回复。有次一个朋友问我，凌晨还在线上？我不想说实话，就说出差有时差。"

我看着她，她看着冷掉的热饮，继续说："我想去，因为无聊。"

"你想过改变这种生活吗？"

"改成什么样呢？"

迎面走来一个人，穿着运动服，郑霏很快招呼了声，我瞧了半天，这个人似乎有点脸熟。他对我点点头："你好啊。"

"区笠？"我说。他从前喜欢扮酷、耍帅，人很聪明，说话没正经，没事就翘课和一帮男生去踢球。

郑霏跟他说喜酒的事，他听得很认真，问："要穿得很正式？情侣装？"

郑霏停下脚步横了他一眼，我琢磨着他是不是在讽刺，他的表情有些严肃："演戏要演全。"

从前聪明又让人讨厌的男生，变得深沉又古怪，用万年不变的表情掩饰他的聪明，还是讨人厌。他似乎很开心，说去吃烧烤。

郑霏故意说："不上档次。"

"去吃海鲜大排档。"他说。

"海鲜街拆迁了。"郑霏道。

“去吃披萨？火锅？”他说。

“口味这么重！”郑霏摇头道。

我越听越饿：“区笠，你一直很有气质，去吃海鲜自助餐吧。”

郑霏精明地一声不吭，区笠扯了扯连帽衫：“我知道一家路边摊，啤酒很好喝。”

餐馆前的夜市摆满了一排，一群群酒酣耳热的人吆喝拼酒。吵闹声中，区笠说起了他自己的事，每次短暂沉默中夹杂着邻桌的欢呼喝彩，仿佛在为他的颓废添油加醋。

区笠大学毕业后一度打算和相恋的女孩立即结婚，女孩正好有机会出国深造，他考虑一起跟去，但意外地收到面试通知。这是他一直向往的公司，机会十分难得，两人商量之后决定婚期暂缓。第一年奔波，第二年再延期，他飞去看她，第三年她回来，他们谁也没有再联系谁。

感情烟消云散时，让人诧异它曾存在过。闹到不可开交又至死方休的那些感情，都是命中注定。

“后来呢？”我问。

“没有后来。”区笠道。

“别的交往对象？”我不相信。

“你给我介绍？自荐？”他阴阳怪气地说。

“我在自嘲。”我说。郑霏笑得乐不可支，拿起啤酒瓶干杯。

最终，区笠照着郑霏的指点“修饰”了一番，他剪了个时尚的发型，郑霏和他一起去挑选了衣服，像时尚杂志上的情侣，很般配很搭调。

他们参加完喜酒很久，我没再听到后续。区笠忙于工作，偶尔更新下空间晒几张食物图。郑霏一个人住，行踪匆忙。这么快捷、速度的现在，依然不能拉近人和人的距离，人在漫长遥远之路上，耗尽心力。

我问郑霏最近在看哪部恐怖片，她似乎愣了下，说很少看，没什么意思。我说：“记得你以前看得多。”

“闲的。”

她似乎在等电话，不时张望着周围匆匆来去的人群，每个从人群走出的人都可能是她等的人，她失望时把目光移开。她不耐烦地调整坐姿，我说：“你有事，我们再约时间吧。”

“我可能会留在总部工作一段时间。”郑霏忽然说。

“很好啊，你已经适应那边的生活。”

她沉默了一下：“你觉得现在还来得及吗？”

我不能肯定她说的是哪件事。她说参加完赵晔的婚礼后，她删了两个电话号码，现在通讯太发达，过了多久都能通过某一个号码联系上对方，像是看到死了的人又活过来。

“只要还没结婚。”我看了她一眼，她诧异地看着我：“没有，当然没有结婚。”

“你和区笠不是去参加婚礼了吗？没结成婚？”我记得她发过几张喜酒照。

“啊！”郑霏哭笑不得，“我说的不是赵晔，他当然结婚了，非常好。看到我出现上酒席上，他差点吓一跳，哈哈。”她笑得特别高兴，一改刚才的犹豫不决，“如果不是区笠在一旁勾着我，我真想继续吓吓赵晔。他知道我和他妻子是前同事，一句话也不说，不知道是喝多了还是在想心事。”

“区笠怎么样？”我随口道。

郑霏收敛了笑容，缓缓道：“你觉得他怎样？”

“我觉得他在隐藏一部分自己，他总在否认一种他想承认的东西。”我并不了解区笠，他不古怪的时候很客气，不愿人靠近的疏远。一部分女孩会低估男孩的冷漠和拒绝，她们趋向于挑战高难度，更有成就感。感情的狩猎场里，猎人和猎物不取决于外表和性别。“他拒绝了前女友，我听说的版本是这个，不知道什么原因。”

“他前女友结婚时，我充当他的女友去喝喜酒。”郑霏说着笑了笑，“他喝了不少酒，心里很不好受。”

“为什么？”

“他们不再有共同语言了，他说爱过她，继续在一起一定会怨恨对方。他喜欢过一种落后于时代的生活，他前女友是个积极进取的人，个性比较强。人在经过一番磨砺后，才看出了自己和别人的本性，才开始懂得到底要怎么生活。”

“你决定了吗？”我忽然想起那些恐怖片，区笠热衷受她指挥，看似驯服却喜欢玩些小花招，他喜欢打乱她的节奏，用实际行动反抗。郑霏怎么可能真的不知道？

想起来，她决定接受公司的安排之前犹豫过一阵子，这么好的机会谁想放过，她却摇摆不定是不是真的要去。

她点点头，脸上浮现出笑意。

每一次选择，若都把选择本身看得异常严重，往往会忽略了最该知道的事。在一种近乎偏执地要达到目的的选择中，人心底的欲望是永远无法满足的。选择从来无关选择本身的对与错，而以此欲望是否被满足为终结。

第四部分

Part 4

[总要一直有种让人不可置信的感觉]

第二次见到安彤是在台风天气的卢宅。那天我游完横店后，和好友孟欣暂时分开走，她坚持留在横店看喜欢的演员拍戏，信心满满地说一定会见到演员本人，让我先去卢宅找落脚处，她随后就来。

横店去东阳卢宅有出租车也有班车，我听见几个同样去旅行的年轻人在跟跑车的打听去卢宅的价格，便凑上去问，经过一番砍杀，前后一共七个人坐上了一辆面包车，有情侣也有好朋友。我对着玻璃窗外的孟欣挥手道别，让她第二天来时仿效，她瞅了瞅车内，像感冒似的“哦”了一声。

下了车后我先去找住宿地，孟欣尽管人不在这里，短信一条条发过来询问住宿情况，有两件事她惊人地执着，一个是她喜欢的艺人，另一个是旅行的住宿。为了她喜欢的艺人，她可以立即收拾行李出发，她说：“工作后，大家都在累积人脉。要说我的人脉，就是在追星途中遇上的，人到一定年纪就该找点什么事让自己去投入。你不知道吧，我曾经因为追星，还充当过临时演员。”

“你怎么就没从此一发不可收拾呢？”我问。

“我不感兴趣啊。”孟欣眨巴了下眼睑说，“我喜欢的是追星这个过程，看到艺人本尊时的感动……或幻灭，能碰到一群志同道合的人就更好了。”

“有多惊喜？”

“最远的一次记录是为了看场演唱会，我跑去了澳大利亚，演唱会门票是别人临时有事转让给我的，我还突击了英语，家里人都急死了，我一个人跑这么远。我表哥说把门票让给他，我死活不肯，只有一张，他也没法和女朋友去。”

“后来呢？”

“从办理签证到最后出发，我全部自己去办，没有人能放下一切陪我去，就算去了，也不可能有门票。刚开始我心里一点底都没有，尤其我的三脚猫英语，门票拿到手也开心不起来。后来，我在一个经常去的粉丝群里说了这件事，一下子好多人给我想办法，甚至还有人特地帮我去问在澳大利亚的同学和朋友，我一边哭一边隔着屏幕跟她们说谢谢。这种心情，没有体会过的人不会明白。”

“演唱会看得怎么样？”

孟欣笑得特别开心，眼里还泛起了层雾：“演唱会是露天的，我提早好几个小时赶到现场占位置，那里已经等了不少人了，有些人和我一样从别的地方赶过去，我说了我的经历后，他们又惊奇又感兴趣，还一起拍照加了好友。有两个人特别好玩，唱起了自己写的歌，上次看到更新说有唱片公司在联系他们。”

我听说的版本是，她刚下飞机时就想坐下一班回家，后来在机场收到粉丝群里朋友的帮助，她吞下眼泪拖着行李出了机场，那是她第一次独自离家。她以为倒时差会失眠，实际情况比她预想的要好。第二天一早她准时爬起来去熟悉演唱会场地，在粉丝群里来了个实况视频，还收到了未曾见面朋友的礼物。

“你不去尝试，就一直不敢，永远不去尝试，就永远不敢。”她说。

落脚的旅馆离卢宅不远，白天步行即可，选定之前我把旅馆的照片发给孟欣。她和几个新认识的朋友在吃饭，说晚上还有场夜景戏，有大明星来探班，她们都会去看。孟欣对入住地表示了肯定，发消息说：门票让人帮忙预定了，有优惠。

到底是经常出去追星的人！

我找了个露天餐馆吃晚饭，另有一桌的年轻人也是来旅行的，点了一桌子的菜和酒，吃得酒酣耳热，聊着聊着语气低了下来，其中一个说：“以后就算有钱了，感觉也不一样了。”

另一个想了想，说：“至少咱今天来了，趁刚毕业，能多去几个地方玩多好。”

接着又是干杯又是说笑，这时下起了雨。我拿了本杂志遮头上，迅速结账向旅馆奔去，一会儿工夫，一阵大雨浇了下来，白天的闷热，地面的温度，在夜色中浮起了一阵白烟。我心想，但愿明天有个好天气。

卢宅有民间故宫的美誉，可当我在约定地左右等不着孟欣时，忽然看见一张似曾相识的脸，对方也向我看了看，惊疑地问：“咦，你怎么会在这？”

我回了个同样诧异的表情：“来玩呗，实在太巧了啊。”

安彤笑了起来，她撑着伞，这大雨天几乎遮不住，我和她都在不停地捋头发，她绕了几圈的发圈断了，无奈地笑：“正好没事，想出来走走。哎，我就知道这次出行不顺利。”

她的家在北方，南方还在战高温吹冷气，她家那边已经是冰天雪地。两年前我和同学去古镇游玩时，捡到她的证件和信用卡，还有一张她的素描，在原地等了一个多小时后，她满头大汗地跑回来，我们一眼认出正是失主本人。我们和她交换了联系方式，以后不时会看到她去各地古镇的信息。那时还问过她，只喜欢古镇吗？

“我偏爱小镇，地方小小的，人也不多，但设施条件一应俱全，看着就很喜欢。念高中时，我和同学几个去了乔家大院，从此一发不可收拾。考大学时，还选了建筑，不过没考上。”她不好意思地笑了起来，“现在，就剩下怎么去更多的古镇玩了。”

我记得她画过很多素描，她知道自己不是学建筑的料，却着实下了番功夫去学画画，国内的古镇她转悠得差不多了，还找了几份兼职攒钱去了趟欧洲。别人去欧洲买一堆东西，她背了一包的画册、画笔去临摹，因为画得太专注，掉过钱包、护照，每次打击都不能阻止她的步伐。我看到过她发在主页上淋成落汤鸡抱着画册在街上跑的照片，别人用衣服遮住头，她脱下外套遮住画册。

知道我还要等个朋友后，安彤说：“不急，我们一起等吧。”

安彤告诉我说，她最惨的一次是在巴黎，钱包和证件都让人偷走了，她急得当场就哭了，打电话给家里远水救不了近火，后来跟室友借了些钱应急。她跟人打听去摆摊画像，可人家看过她的画像后表示没兴趣，但喜欢她画的古镇，询问她这些地方在哪儿，最终买走了两幅。虽然不值多少钱，她满脸激动地说：“第一次有人夸我，居然还赚到钱，够我买个汉堡填肚子。”

旅行途中掉东西是最要命的事，安彤一直是笑嘻嘻地说她的糗事，好像没什么能让她感到头疼的，即便现在一阵又一阵地传来闷雷声，她连眉毛都没皱过一下。

“没什么事能难倒你啊。”我忍不住说。

安彤忽然有些安静，只听见雷声大作，远处的天空一道闪电。衣服早就湿了，只有手机小心翼翼地用塑料袋包好，我们都惦记着还要照相，她转向一方说："那个是你朋友吗，拼命在招手的那个？"

我努力看了看，孟欣刚从车上下来，正急得跺脚，她显然拼尽全力跑到下一个屋檐躲雨，又是几个冲刺跑，她上气不接下气地挤出声音喊："今天不去，门票就作废啦。"

安彤转过脸去笑，我回道："想也没想过不去啊，这点毛毛雨算什么啊！"

一阵电闪雷鸣，叆叇昏暗的天空撕开一道可怕的沟壑，上一次这么清晰地看见闪电，还是某个童年时期的夏日午后。闪电让我们三个分外清晰地打了个照面。孟欣对安彤招招手，安彤指了指伞，表示要过去接她过来。孟欣试着抬了下脚，说："我好像扭到脚腕了。"

就这样等了二十多分钟后，大雨终于渐渐停了，飘起了毛毛雨，空气清新又凉快，我和安彤一左一右扶着孟欣，问："你确定没事？"

她非常肯定地点头，说："更糟的我都经历过。"

安彤很有认同感地点头，我说："是啊，大风大雨游古镇，这种经历还是很难得的。"

也许是这糟糕的天气，吓退了一部分游客，我们左右看了一圈，经过了三道石牌坊，发觉游人很少。我们三人穿着T恤或衬衫，上衣干得很快，裤子是深色的，看不出来，帆布鞋比较难受，想着待会在哪儿买双人字拖，说着说着就聊到吃的。

孟欣带了面包，拿出来一看，塑料袋被她用来裹手机、相机，面包泡成水了，她解释说："很好吃的，我昨天特地去买的。"

"我相信你的判断力。"我说。

安彤的巧克力基本融化，我的饼干总算没有全军覆没，于是三人分着吃。经过的人回过头来看，眼神很惊奇地盯一眼。虽说我们的衣服和鞋子可能看不出刚从水里捞出来，但头发一直湿哒哒地滴着水。安彤用纸巾擦头发，纸屑黏在头发上，只好用矿泉水冲洗头发，这下更不容易干了。

孟欣摸了摸头发，舒了口气说："这次买对染发剂了，前两天刚染的，竟然没掉色。"

我看看稍稍亮了些的天空，说："防晒霜都不用涂了。"

结果遭到她们异口同声的反对："任何时候都要涂！"

青砖黛瓦，高耸的石质白墙，灰灰的石板古道，湿漉漉的廊道。安彤收了伞，说："雨后的古宅，就像化了个清新靓丽的妆。"她拿出包裹严实的画册和笔，一点都没淋湿。她说卢宅是九进门，古时只有皇宫才能这么建。那时，前四进女人是不能进的，族人用作祭祀、仪式。四进和五进之间隔着幢能分合的移动石库门，挡住外人的耳目，后五进长约一百四十米，木制的雕刻，斑驳的纹路，幽深幽深的绵长走廊。

前面一对游人似乎在犹疑要不要继续走下去，男孩笑道："怕穿越回去吗？”

“《人间四月天》是在这里拍的，我们穿越去看看。”女孩说，两人牵着手走进石库门后。

安彤在一处三角木雕前拿出本子画了起来，孟欣转了一圈啧啧称奇，我找了个石墩子放东西，和孟欣一路拍照。走到后来，我们三人走散了，谁也弄不清究竟在什么位置，最终约定在出口见。孟欣在电话里笑道：“我每次出去都要迷路一会儿，已经习以为常了，走啊走啊的，总会找到要走的路。”

下午离开卢宅时，安彤满意地合上画本，孟欣和我翻看照片，琢磨到底是雨天还是晴天的古宅更漂亮，她忽然提议说：“我们去义乌吧？”转头问安彤，“你去吗？”

不等安彤回答，孟欣凑过去说义乌机场去各地航线很方便，火车站离机场不远，交通发达之类，孟欣那滔滔不绝说服别人的口才相当惊人。

自从那次独自去澳大利亚成功游说家人后，她自信倍增，工作后无论是做项目还是做销售，总能心怀某种自信的情绪。她说：“我每次忙完一个项目就去旅行，平时周末也尽量出去走走。工作很累，但不能没有生活。追星也是一种生活态度，不该过得太一成不变。要不是这些年执着地去做这件事，我不知道还有这么多有趣的事会发生。”

买到去义乌的车票后，我们各自去取行李。上车前，买了一堆好吃的背上车，坐上最后排的位子，孟欣喝起了啤酒，引人侧目。安彤也想喝，我和她犹豫了一下决定等车开动了再说。

安彤说她去卢宅是临时的决定，下个月她将出发去新西兰游学一年。

我好奇地问："上次看你贴出照片，以为你快结婚了。"

"那时候是。"她嘴角微微一弯，"我工作好几年了，一直很努力地工作赚钱，动力是因为又可以出去玩了。要是连眼前的生活都过得焦虑不安，还谈什么日后呢。我后来想明白了，不能为了完成任务去结婚。我学画画不是为了当画家，我永远成为不了达·芬奇或任何人，画得再糟糕，可是我画得很开心啊，居然还能卖出几幅画。就算钱包证件丢了我也没那么沮丧，人陷入困境时，换个角度看问题很重要。你想啊，人的一生这么短暂，要是能拓宽生活的宽度多好。"

孟欣靠在玻璃窗上睡着了，精力充沛的人倒下就睡。我和安彤交换了一个眼色，我拿出拍立得，她手持相机，赶紧凑在一起拍下在途中的这一幕。

旅途也许漫长而充满惊喜，也许寂静而没有意义，当回头看去时，才知道自己走了多远的路。没有当初的偶然，就不会有后来发生的事，没有那些事的发生，也不会有现在的自己。

当初的惊鸿一瞥
只因我少见多怪

“为什么？”

“越来越没话可说。”

“你们在一起快有两年了吧，该考虑结婚的事了，他怎么说？”

“家里催得急。”女子长长地叹息一声，“刚认识几个月，我老妈天天问，婚礼怎么布置，以后住哪儿，孩子以后上学在哪个学校报名，买房子要找个好点的地方。”

不时会在某个公共场合听到类似的对话，每次我还是张望一下，男女感情、终身大事，在任何时候都能最快引人注目，谁都能评价两句。

“你们在一起不是很合适吗？”

“当初的惊鸿一瞥只因我少见多怪。”

氤氲的香烟后面，两个结束谈话的女子起身离开了餐馆。禹汐来的时候，我把刚才听到的事告诉了她，她似乎很能理解："为什么要那么急着决定一辈子的幸福呢？"

禹汐说起一件事，发生在她的学生时代。女孩叫樊琪，学校毕业典礼后她想和一个暗恋许久的男生表白，三年的暗示无果，只能抓住离别前这最后的机会。樊琪将这件事告诉了一个最要好的同学，对方替她打气，那天她化了淡妆，穿上最喜欢的蓝色裙子，想好在典礼后找到那男生。

一排排长长的宣传栏后，站着两个学生，一男一女在说话。

"怎么可能，你在开玩笑吧？"男声问。

"真的，她就是这么打算的，要是你想拒绝，就编个好一点的理由。"女声说。

"不需要，我不喜欢她那种类型的女生，严肃、沉闷又乏味，光想到就烦死我了。"

女生想严肃地斥责他几句，男生满不在乎地笑了，女生忍不住也跟着笑了起来。

"什么悄悄话躲在这里说呀？"又一个女生走过来打听。

"什么地方有好事情，我就在哪里转悠。"

说话中的男女生们忽然发现樊琪就站在他们身后没多远，被一排宣传栏挡住了。

男生面无表情地转开脸，其中一个女生是樊琪的好友，此时此刻脸色尴尬地想走，被另一个女生拉住，像是得到了某种力量和默许。樊琪好友立刻转变了态度，脸上的表情说明她已经做出了站队。

男生看也不看樊琪一眼，眼神一扫而过她站着的位置，立即走开了。

“这个男生是……”我忍不住猜测。

“没错，是宁则维。”说完，禹汐拿起饮料往外走，我一路跟出去。

“这算不算挺缺心眼？还被人当场听到，换谁都接受不了，”我看了看她的表情，确定她是往店铺的方向走，“被自己的好朋友撬走暗恋对象，恨起来是没完没了的。”

“你想知道什么？”禹汐忽然失笑道。

“这样就大结局了？”

“现在一个公司上班。”

在周末的手账聚会上，樊琪也是其中之一。

因为是迷你型聚会，我们三个也没啥不能交换看的秘密。禹汐的手账最美，文字与画风搭配妥帖。我的手账上多以影视剧和书的观后感为主，偶尔写几句心情文字。樊琪不会画画，喜欢贴漂亮的剪纸，一小段接着一小段说些看似前言不搭后语的话，实则颇有深意。

禹汐对她开玩笑说："你变了。"

"现在处境比较尴尬。"樊琪无奈地承认。

樊琪所在的公司正经历着管理层的大换血，上一任执行官走后，人心惶惶，全新的管理层班底。她很早就从人事部得到风声，一早进公司便听到同事们在小声谈论。

会议室的门关得严严实实，从早上进办公室后，除了让助理送了几杯咖啡进去，没有人走出来，下午晚些时候客户打来电话，樊琪和同事出去开会。

傍晚时分，有人发消息给樊琪告知变动结果，次日将公布消息。

"樊琪，你回公司吗？"

"我还些事没做完。"

"这些样品麻烦了。"

"没问题。"

樊琪拿着客户送的样品回到公司，财务和总经理办公室的灯还亮着，她刚坐下身，前面传来一阵脚步声："幸会。"

她吃了一惊，竟然听到某个似曾耳熟的声音，应声道："幸会。"

这么多年不见，宁则维依然长着张似笑非笑的脸，喜欢故作神秘地打量人。日光灯里的电流声在两人沉默的瞬间尤为刺耳，她勉强扯起嘴角，挤出一丝笑容："宁经理。"

宁则维点点头："从高中毕业后至今，十年了吧。"

她没接他的话，眼前的他外形大变，从前瘦瘦高高的高中男生，沉默时像条死鱼，不得已开口时则刻薄毒舌。他现在一身西装革履，身材健硕，头发干净，修剪得很短，俨然是个衣着细致又讲究细节的商务男，背后多半有着数量可观的女子的改造功劳。她尽量不让嘴角的笑容看起来像是嘲讽。

毕竟是十年前的事了，她后来也碰上过许多更糟、更残酷的事，没有了从前的悲伤、自哀自怨。现在她更小心翼翼地生活着，不必过了十年还把从前的愤怒写在脸上，好像她还活在十年前，仿佛变相地承认他真的这么重要，重要到可以影响别人的一生。

"结婚了吗？"

从一个已经不算怎么认识的人口中问出，樊琪不由回了声："没有。"

她暗骂一声，她讨厌这种对话方式，似乎他们又回到了高中，他居高临下对别人施舍怜悯。没准还会认为她这几年念念不忘他，听他问些什么问题就知道。等等，他确实可以居高临下地提问，他现在是她的上司。

樊琪摆弄着键盘开始回复邮件，宁则维欲言又止的样子让她头皮发麻，公司里上、下级的同事间保持客气的距离是必要的，谁也不想在一个封闭和长满眼睛、耳朵的写字楼里被贴上暧昧的标签。这绝不是高中生的小玩笑，而是会直接影响到她的工作和前途，她多辛苦才爬到今天的位置，不能就这么前功尽弃。

即便有那么几秒钟的分心，她也不是对这个人存有任何幻想，同时她密切注意藏在某处猎奇的目光。这个时间点，大多数人都已经离开了公司，但随时也有人会回来加班。

“再过两年，这张脸会变得面无表情。”他轻声说。

“你不是那个需要担心的人。”樊琪道。

宁则维表情莫测：“改天一起吃饭？”

“公司聚餐？”

“就我和你。”

樊琪沉默地看了看他，他的眼神似乎没有揶揄之色：“这样合适？”

“拉进和员工的关系，笼络人心。”

“公司这么多员工，这会是很大的一笔花费。”

宁则维笑了起来，上半身靠在她的办公桌旁，站在她面前是种俯视的姿态，他现在是公司的高级主管，理应摆出主管的架势。

“你决定了，打给我。”

财务从外面带回了晚餐，邀樊琪一起用餐。趁着这个机会，她赶紧笑着摇头：“我必须走了，另外有约。”

她很肯定宁则维一字不差地听到了，当着他的面，她拎着手袋摇曳生姿地走出办公室，去他的优越感！

“不错啊！”听完樊琪的叙述，禹汐立即为她鼓掌。

“能被这么多人讨厌，真是不容易啊。”我小声地说。

“我不是讨厌他，”樊琪认真地说，“我需要这份工作，过去几年我拼命加班、出差，才保住了这份工作。我可以去找份轻松点的工作，但我喜欢这份工作，这是我努力得来的。公司里虽然没有明确规定，但和同事牵扯到男女关系的，通常都没有好的，更别说是和上司。影视剧里拍得很好看，但在现实生活中是很冷酷的。”

禹汐和我深感认同，我说：“职场中男女之间的关系，客气、疏远是需要的。”

“下了班后即使和同事吃饭、喝酒，也跟加班似的。把时间花在这些应酬上，各人有各人的原因，不过我后来越来越相信一件事，融不进那个圈子就算了，不是每个朋友圈都这样，但很多确实是这样。聚得越多，矛盾也就越多，谁知道以后会带来什么状况。”禹汐说。

樊琪一页页地从头至尾翻了一遍手账本：“当时我觉得很丢人很羞耻，以后都会带着这段记忆，摆脱不掉的阴影。但是现在，时间真的会让人看懂很多事情，打不死你的会让你变得更坚强。每次被客户挂电话、吃闭门羹，我就安慰自己说，这有什么，我被好朋友背叛，被喜欢的人讥笑，我照样活得好好的，既然没有死就要活得开开心心的。第二天，我还是积极地在会议中游说客户改变主意，我就是要这么做，我就是认为我的方案比客户的修改要好，有时会失败，有时也会成功。”

“你后来答应去吃饭了吗？”禹汐问。

樊琪想了想：“还没决定，最近太忙了，一直在出差。我觉得他可能也是随便说说，毕竟以后抬头不见低头见，相处下去很重要。”

“有没有可能，他是想化解一下过去的事？”我说。

禹汐看了我一眼，我解释说：“没准呢，毕竟十年可以改变很多。”

“是的，确实能改变很多，”樊琪不置可否地说，“怪当初太少见多怪。”

在路上，我们敏感而盲目

出差归来的樊琪，放下行李直奔福康店，风风火火地一路杀进来。

我吃惊地起身看看她身后是否追着人，没有人。

禹汐瞥了一眼，看她表情就知道受了天大的委屈。自从樊琪和宁则维在一家公司成为上、下级后，她经常在手账上吐槽，她以前的主页都不用了，太容易暴露了。

“我要吐血了！”樊琪一手拿过我手上的茶杯，两口喝个尽光，接着开始大吐苦水。

樊琪稍微冷静了一些后，开始慢慢地梳理头绪。

两天前，她在储藏室里对着一叠资料生闷气，同事一进来便看到她往纸箱子里扔文具，各种各样的都有：“你拿这些死的撒气，管用吗？”

“难不成往那家伙脸上扔吗？”樊琪指的只能是宁则维，新来的主管年纪轻轻，身居要职，为人刻薄，男下属几米外看见他绕道走，女下属一看见他退避三舍。

从入职以来的一个月里，只有不知内情的电梯阿姨公开夸过他长得又嫩又帅，顺便打听他有没有女朋友。

樊琪心直口快地问：“阿姨，你女儿不是才念初中吗？”

“这个可以慢慢培养的。”电梯阿姨一时支支吾吾，显然被戳到痛处。

从小职员做起，到现在的项目负责人，工作上的事樊琪硬扛着撑下去，扛不住的只有家里隔三岔五爆发的“催婚令”。最近又多添了一桩，她从公司加完班去楼下打车，通常要走过一段天桥才容易打到车，那晚赫然撞见宁则维和一个女子在天桥下发生争执，后来被女子一记“松脆五指山”印在脸上。最糟糕的是，他也发现了樊琪，情况顷刻变得匪夷所思。

同事不知从哪打听到的靠谱消息，对樊琪说：“听说那小子被女人飞了，你看那张脸像被踩过一样。”

“你是要我转告电梯阿姨呢，还是你打算自己秒杀他？”樊琪很清楚像宁则维这样的男人摆在地上，不必拗造型就够招蜂引蝶的了，谁能放过他？

写字楼里的美女很多，各个气质出众。高收入的主管们保持着工作与锻炼的有效结合，一些高级主管的办公室放着健身器材。

同事白了她一眼，说：“等我把家里大的、小的都遣散了，回头跟你琢磨怎么下手的事。”

下班前，宁则维找了樊琪去办公室说话，她心惊肉跳，该来的总会来，越是风平浪静的表象，越是暗潮汹涌。宁则维是个死要面子的人，最忌讳被人看到五指山的事情。

“樊经理，鉴于你的能力，总部决定将你派往新公司任职。”

“哦。”樊琪不置可否，肯定还有下文。

“总部非常重视这个决定，以后要看你的了。”

那一刻，樊琪有了打退堂鼓的念头，宁则维做了个手势示意她可以出去了。这起突变，比起连日来时不时让她上蹿下跳地找档案、修改文案都彻底，他终于使出了杀手锏。

“樊经理是个知难而进的人，我知道。”她的背后传来宁则维似笑非笑的夸赞，他看穿了她在动辞职的念头。

“那是。”樊琪不甘示弱地干笑数声。

“这算是直接宣战了？”禹汐问。

我一直认为这出好戏绝不能就此作罢，看樊琪怎么说。她做了个无能为力的表情，说：“那是把我发配去充军了，我一手建立起来的资源网都泡汤了。”

这会儿，她手机响了很多遍，都是她母亲打来的，这次是同事的电话，劈头盖脸说：“你死人呀！晚上相亲不要放我鸽子啊！我家里那个没解决掉啦，万一看上我怎么办！”

樊琪挂了电话说：“老妈安排的相亲。”

她今天刚出差回来，一会要回公司加班，立刻匆匆告辞了。

“她真的没事吗？”我不禁问。

“习惯就好。”禹汐说。

日子匆匆而过，樊琪依然是主页上的“活死人”，手账做得比较勤快，到下一次见面，她带来了后续进展。禹汐一跟我说，我便马上跑过去了。

樊琪去了分公司，从业务到室内装修、布置都要管，她不想管，宁则维在电话里一个个问过去，他来分公司查看时问她：“你觉得我们办公室装饰些什么花好呢？”

她一愣，“什么时候说过要装饰花的？”

“就刚才。”

“我怎么不知道？”

“你忙着相亲，什么花都看不上眼的。”

“那要看什么花显眼，菊花怎么样？很配气质的。”她故意挑衅地看了眼他。

“杏花吧，反正总有人要出墙的。”

说完，宁则维潇洒离去，剩下樊琪拿着 2B 铅笔戳空箱子，恨得咬牙切齿。

新的办公室里，除了每天打扫卫生的阿姨，只有两个文员，一男一女，平时走来走去时两人会眉目传情。樊琪只当不知，埋头工作，又不是中学生，没必要这么敏感。

宁则维神出鬼没地出现在分公司，有时在茶水间晃一下，问她："这几天都要加班，你行吗？"她端着茶，不解地看着他。他在她身旁坐下，轻声道："我听说，这幢大楼到了晚上常有些奇怪的声音，可能是铁锁被风吹到了，谁知道呢。"樊琪狐疑地看了他一眼。

离下班还有十分钟，办公室里只剩下了她一人，那对男女同事早不知去向，宁则维更不用说，一般下午没有重要会议，他不会待在这里的办公室。在电梯门口等了半天都不见电梯上来，樊琪很纳闷，照理说这幢大楼里搬进来的公司还不多，不至于这样死等。

大约过了一刻钟，她按捺不住了，此时，电梯两旁的门后不时发出些细微的声响，越听越诡异，像是在移近脚步，莫非是人？两边走廊空荡荡的，她想到宁则维之前的"忠告"，随即开始头皮发麻，除下高跟鞋就要往消防通道逃跑。骤然，大门打开，她来不及看清究竟，吓得直接将手上的包扔了过去，只听一个男声惊呼："天啊！这包就算不要了，也不至于砸我头上吧！"

一听这嗓音，樊琪更是吃惊，这个声音除了宁则维没别人。

他手上抱着的两盆花摔碎了，花和泥土撒了他一脸，樊琪的包正好挂在他脖子上。见此情形，她只能硬着头皮上去赔笑：“宁经理，你没事吧？”

宁则维拍了拍身上的灰尘：“我当天上掉下金元宝，谁知砸中我的两盆花。”

樊琪自知理亏：“对不起，我不是有心，我以为——”

“真是郎才女貌！”电梯阿姨一边说，一边打量着樊琪，眯笑着眼。樊琪被她看得脸上火辣辣的，见电梯门正好开了，赶紧扶了宁则维进去。

樊琪一声不吭，瞪大眼睛瞧了宁则维几眼，在停车场扔下他，就像扔件破衣服，不顾他的反对，说：“宁经理好好养脚伤，别去鼓捣花盆啦，这是要把花花草草们给残害了啊。”

宁则维笑了起来：“既然你嫌花盆麻烦，那我以后直接送花给你。”她心里一阵乱跳，他是情场老手，什么话都说得出来。他喜欢用这招，她冷冷一笑，转身就走。

“就这些？”我好奇死了，“他是在追你？”

“不，”樊琪再次苦笑，“他希望看我出丑，让我知难而退。我在公司里对他而言，是一个对他每句话都有质疑威胁的人，而且我很可能是对的。你知道一个人的过去，你才能判断出他哪些话是确实要这么做，哪些话根本是虚张声势。把我调去分公司这件事，他是为了给我一个下马威。”

“也不一定。”禹汐忽然说，“培养你接手分公司也很有可能，他这个人，如果真是不重要的，他是不会浪费时间的。你就当自己是被派去展现你能力的，业绩是你实打实的实力。”

“是我太敏感了？”樊琪不禁说。

“是有点儿消极。”我对她笑了笑。

樊琪眉头微皱着，她只是一脸茫然地看着自己的行李包，与我们喝完饮料，她立即又要一个人去出差了。这次是一个星期，两地奔波。

她拖着行李往店门外走，忽然幽幽地说：“以前我知道是为了什么而努力，现在……我不再知道了。”

[那时，我想变成任何人，除了自己]

“现在不太能明白为什么从前那么胆小，那么羡慕别人。随便做什么事，我都认为别人比我完成得好。”樊琪说。

周末聚餐，我带了自制的水果沙拉和葡萄酒，禹汐准备了几个家常菜，樊琪带了好吃的甜点。闲话聊了几句后，樊琪说一个多月前，她的钱包莫名失踪，她怎么都想不起来被偷的经过，她是个心细的人，唯一的可能是那天从超市买完东西回来，手上提着大包小包的东西，夹在胳膊下的钱包不知不觉掉了。

“就可惜了两张照片，唉。”樊琪喟叹。

“艳照吗？”我和禹汐异口同声。

她刚要反驳嘴，她老妈打手机来催，这个周末有相亲，一个月前家里合伙算计她，她中招落马，只能同意去相亲。她老妈提醒她不要忘记去做美容，整天公司、家里两头跑的女人干瘪得像根豆芽菜，女人要像水蜜桃男人才喜欢。挂了电话，樊琪气愤难平：“水蜜桃就是烂桃子。”

禹汐看着她说：“你可以说周末跟客户有个饭局。”

“这些借口不管用了。”

这时，樊琪的手机又响了，她拿起一看迟疑是否现在就接，禹汐探头一看，冷冷地哼了一声：“真是催命了。”

我看禹汐的表情，猜想打来的是宁则维。这个总被提起的名字，忽然之间通过电话参与了进来。电话里的声音简短且清晰，布置完任务后，又问了一句：“这个周末你能加班吗？”

“我约了人……”樊琪咬着牙说，她现在不时周末被叫去加班，临时说有客户要来公司开会，周末也有人开会？她去的几次多数情况都是在无休无止地修改方案，或者接些咨询电话瞎忙一通，基本上没有实质性的内容。她经常挂在嘴上的一句话是：我要辞职，受够啦！

“你是约了水蜜桃还是烂桃子？”宁则维在电话那头问。

听得我们三人瞠目结舌，这家伙是千里眼还是顺风耳。樊琪硬着头说：“我都约了。”

“是嘛，难怪你最近的修改方案这么有新鲜感。”

樊琪豁出去了，手机还没挂断便对禹汐说：“我决定买草泥马，现在有个很合适的人我一定送给他！”

禹汐鼓起掌来，我问樊琪："去相亲，还是加班？"

她气恼地白了我一眼，我辩解说："很重要的，直接表现为是画个淡妆去，还是扛个……什么去。"

禹汐哈哈大笑，樊琪大呼小叫表示不满，我打开音乐缓解气氛。

樊琪选择去相亲，她拒绝周末去加班，斩钉截铁。这次，宁则维没说什么。樊琪决定去相亲，还有个原因是要拉上禹汐。

禹汐问我："你想去看吗？"

"好啊。"

于是，事情就这么成了。

出门前，樊琪被她老妈按着穿上一身文静的套装，习惯职业套装的她非常不习惯。我和禹汐先到达餐厅，找了比较隐蔽又容易观察的位置。樊琪在餐馆坐下时，邻近几张桌上的男子不时投来注目礼，樊琪有了些信心，她想好了话不投机立马走人。一看时间已到，相亲的人居然还没来，她准备在电话里和母亲解释几句，然后马上离开，被禹汐及时制止。

邻桌一名男子主动与樊琪聊了起来，两人聊得很开心，对方邀请她坐过去，樊琪犹豫再三。这也算完成相亲任务了吧？

禹汐看了又看樊琪的表情，说："你有什么办法吗？"

"这个没办法啊，两情相悦。"

"相亲迟到这么久，活该被别人抢走。"禹汐不禁道。

在等待樊琪的最新情况时，禹汐说起了宁则维的一些事，这是她难得的主动提起这个人。

宁则维的家境还不错。他曾有过一段时间仗着家里有钱，做个到处混日子的小阿飞。他父母离婚后，他母亲再婚，跟着父亲的他过着极不规律的生活，他父亲忙于自己的事业，见面的时间非常少。他父亲对他手头放得很宽，到他念大学却不再给一毛钱，学费也要他自己去赚，赚不到写借条。他父亲是个工作、娱乐两不误的人，钱不会留给儿子，他要去父亲的公司上班就从基层做起，一样的工资、一样的待遇，员工甚至不敢相信他是老板的儿子。他自己从不主动说，直到有天一个人开玩笑地问他："你的宁，是老板那个字吗？"

"是的。"

"五百年前是亲戚啊。"说的人也许是想探底，也许只是随口一说。

"是直系。"

一个小时不到，整个公司的人都知道他是太子爷。这对他自身的处境没有一点帮助，以后无论他做什么工作，原本相处轻松的员工关系，一下子变得战战兢兢，大家怕说错话，怕惹上麻烦。

"于是就跳槽了？"我问。

"差不多吧。昨天和华卿聊到这件事，我说那个人家里有一个可以让他任性妄为的公司，为什么要来做高级主管？虽然职位不错收入也高，但压力非常大，工作上还只是一部分，还有大的公司不可避免地陷入一团人事纠纷。”

我想到樊琪之前的话，说：“他可能并不想让别人定义，简而言之，他就是要任性，要挑战下去。”

转去看樊琪的相亲结果。那个姗姗来迟的男人对着空无一人的座位，一脸茫然，又等了一会儿确定无疑女方不等他了，他离开了餐厅。

樊琪看在眼里，继续和新结识的男子说话，眼神神采奕奕：“以前总是对自己感到不满，穿什么也要每件问过老妈，我怕走在路上别人奇怪地看着我。我觉得别人都比我好，我想成为任何一个人，哪怕一个毫不起眼的人。后来，我再也承受不了了，这样下去太痛苦了。我不想被别人定义，我不想成为别人，只想成为自己。”

男子微笑着与她举杯：“自信很少是天生就有的。有些人看起来自信是因为他们失败了太多次，对很多处境、情况有了一定承受能力，即使失败也能顶住。后天的自信来自生活，这是我们每个人身上最独一无二的地方，不要让任何人扼杀你的内心。”

樊琪看着他，眼眶微微地泛起红。

确实，很多人的爱情充满解释，不断的解释，需要体谅和理解。另一些人在认识不久，便开始聆听对方的内心。

记忆的储藏室，每一个都贴上标签

夏瓷的爸妈前年移民新西兰后，她一个人住。她是恋爱大过天的小女子，当时她正有段美满的感情，男友成熟、体贴、伟岸，常来接她下班，羡煞她的一帮同事和朋友。以她的条件，有个优秀、俊气的男友是意料之中的事。

可是，光鲜的外表是给外人看的。当感情翻天覆地后她深受打击，整整一个星期躲在家里哪儿都不去，那段时间凌瑜和我不时去看她，她当初铁定了心陪男友留在国内，一度和父母的关系如履薄冰。

我买了吃的去看夏瓷，发觉凌瑜也在。夏瓷正拿着饮料，问：“又是他？”

“不，是另外一件更糟糕的事。”凌瑜叹了口气，她说近来运气太背，坏消息一堆。

“上次是谁信誓旦旦地说没有，转眼又藕断丝连？”夏瓷眨着眼睛说。

女人聊天，有时只能意会，不可言传。

我装作听懂的样子，去冰箱里找好喝的饮料。

“一定还有别的原因。”凌瑜道。

凌瑜和夏瓷的外形属于完全两种风格。夏瓷是第一眼美女，无论走到哪儿，她总是引人注目，一头色泽黑亮的长发温婉文静，她的性格比较低调。凌瑜属于张扬、外向型，身上带着尚未褪尽的青春期叛逆，想法变得很快，思维跳跃。一些人会被夏瓷的漂亮吸引，另一些人会被凌瑜的魅力吸引，她总是保持着一头干练的齐耳短发，妆容看心情调整，发型秉承一贯的简练，她喜欢穿得像个嬉皮士。

夏瓷的手账上贴着许多相似的精美发型图，每次换着修剪完头发，除发型师之外大概没人能看出分别。她来参加手账聚会喜欢问人家：觉得我有什么变化吗？凌瑜是福康店的老顾客，店里召集过几次迷你手账粉聚会，算上禹汐最多一次是四个人，夏瓷是跟着凌瑜一起来的，她们和禹汐认识得比较久。

二十岁时，夏瓷喜欢穿上自己裁剪的衣服，搭配她修改过的裙子。凌瑜时常恶作剧地建议夏瓷再修改得短些。夏瓷喜欢优雅有情调，凌瑜不喜欢听话，初次听她们说话难免以为这两人是冤家。

凌瑜说起她自己的一件事，与一个男生有关。

“那个被粘在两页纸中间的那个人吗？”夏瓷揭穿地说。

“哪一页啊？”我问。

凌瑜大大地白了我和夏瓷一眼，毕竟是来开导夏瓷的，她继续说：“他有个外号，叫唐璜。”

“我觉得堂吉诃德还比较适合。”夏瓷冷不丁地补充。

凌瑜竟然点了点头：“天才和疯子，差别不是太大。”唐璜或堂吉诃德身边的女孩们热辣、清高、脱俗，羡煞一帮光棍汉。他喜欢身边围绕着一群女孩，热衷挑战。有天他跑去搭讪凌瑜：“一起出去透口气吗？”

“你是谁？”

唐璜笑了，他毫不气馁：“敢不敢？”

几分钟后，她坐上他的哈雷摩托车，在深夜的大街上呼啸而过，他很清楚哪些路段会被拍到，适时减速，十分钟后两人出现在一个派对上，还没下车她就听见了轰鸣般的音乐声。

派对在一个私人住宅内，唐璜一路搭着她的肩膀，几个衣着艳丽的女孩走来跟他打招呼，凌瑜听到两个艺术家模样的男子在聊画作：“我喜欢强烈的色彩和恣意的涂抹，视觉上的冲击力就比什么都吸引人。”

凌瑜觉得没劲，唐璜不知去向。

“他把你一个人留在派对上？”我问。

“我不知道他在想什么，他很可能缺根筋，他不算很讨厌，但喜欢说话说一半突然失踪，让人以为他被恐怖分子劫走了。”凌瑜啧啧称奇。

“是故意的，吊胃口。”夏瓷表示肯定地说。

“但是，”凌瑜笑着有几分诡异，“我不喜欢。”

“你不是不讨厌他吗？”我说。

“离喜欢也很远的。”凌瑜纠正道。

凌瑜和唐璜的飞车约会事件，很快传遍了寝室。她想保密，她只是一时贪玩，但晚上宿舍楼关门她必须通过室友的帮忙才能爬进寝室，一进寝室，立即被“盘问”。

室友们纷纷询问送她回来的是不是唐璜，女生基本上都能认出他，八卦心比咖啡因让人精神得多。

“他只是一个普通人。”凌瑜轻笑着跟室友解释，现在又对我和夏瓷再解释一遍。

“你真这么想？”夏瓷不解地问。

“后来呢？”我问。

凌瑜说那次派对后她和唐璜没再联系过，偶然在学校狭路相逢，他匆匆走过只装做看不见，接着听说他有了个喜欢的女孩。无论从前他是被当做奇葩还是男生羡慕的膜拜对象，唐璜的光环褪去了，大学毕业后，大家都各奔东西了。

“就这么结束啊？”夏瓷不无遗憾地说。

“我怎么觉得这个男生不简单啊，”我说，“中间没有别的事发生？”

那时凌瑜感到不甘心的是有些人背后说她被唐璜拒绝了，她不甘示弱，接受了一个不时献殷勤的男生，去球场为对方加油。唐璜也常去打球，有女孩等在球场边，休息时拿水给他，亲昵地用毛巾替他擦汗。凌瑜装作没看见，自顾自地说着笑话，她感到这么做很傻，她被一个人莫名其妙地牵着走。

凌瑜很明白一件事，男生不喜欢某个女孩不会浪费一秒钟。

“我记得你提到过另一件事。”夏瓷说。

“啊，那件事，就更不重要了。”凌瑜无所谓地一挥手。

“什么事啊？”我追问。

快要毕业前，唐璜找过凌瑜一次。那天她上完夜自习回宿舍，一个身影从路旁闪现，烟头落在地上熄灭了。唐璜穿着白衬衫和牛仔裤，身形很好看，眼神很亮地看着她：“想出去逛逛吗？”

她好笑地看着他究竟在说什么：“认错人了？”

唐璜笑了笑：“你不是喜欢黑白电影吗？我知道一个地方专

门放黑白电影。”

也许是分别在即，也许是一时之念。

凌瑜同意了。

“他带你看了什么黑白电影？”我感兴趣地询问。

“阿兰·德龙的某部片子，”凌瑜笑着说，“我没怎么看懂。”

“《蚀》，是安东尼奥尼的电影。”夏瓷说，“很文艺。”

“他应该找你去看。”凌瑜调侃道。

“去你的。”夏瓷道。

“在哪儿看的？”我问。

“是他一个朋友家里，喜欢黑白电影的人不少。”凌瑜想了一会儿，“虽然没怎么看懂，我喜欢那种……支离破碎的表达，人在看穿表象后产生出一种极致的忧伤，人的感情意识聊胜于无，因绝望而空虚。我觉得压抑，但，似乎又能忍受。”

“像《真探》那么压抑？”我问。

“不能这么比。”凌瑜摇头。

回家后，我在手账上记了个电影名，《蚀》。

“为什么又称他是堂吉诃德？”有天，我问夏瓷。

凌瑜不打算再谈论这个话题，她坚定地说对他不是那种感觉，她不喜欢神秘费解的人。

“我觉得凌瑜这么认为，”夏瓷想了想，小声说，“唐璜是他在学校的外号，堂吉诃德是凌瑜取的。我觉得那个男生可能喜欢过她，但他好像不愿意承认，也可能他在等凌瑜发现。”

“他可以直接说嘛。”

“有些人就是喜欢否定、否定，否定到底，终于每个人都相信了，他才发觉自己傻得要死。”

“听上去，两个人都是这个脾气。”

“有那么点。”

“你见过唐璜？”

“不算正式见过，有次我去凌瑜学校找她，远远地看到球场边被几个女生围着的男生，看凌瑜当时的表情，我猜就是她说的唐璜。”

“她什么表情？”

夏瓷想了半天，不知怎么形容确切：“我觉得她脸上有些尴尬，很不希望让人知道。”

“上次你说到藕断丝连，有新进展？”

她摇头，想了想还是摇头：“她听老同学说起唐璜，大概有人提议吃个饭，联络下感情吧。我感觉她想去的，总会好奇想知道后来的事。”

虽说不知道凌瑜是怎么想的，夏瓷现在有大把的时间任意挥霍，她藏了一堆毛毛虫软糖，约了见面秀手账之外，我顺点儿她的零食。

凌瑜没有来，她很少更新她的近况。

“你打算几时过去与家人团聚？”我说。

夏瓷算了算时间：“快了，准备预订机票。不管在哪儿，手账会坚持下去。生活是一盘散沙，没什么道理可遵循，我们也只能继续着、继续着走下去。”

“听上去你是下定决心不回头了。”

“他已经订婚啦。”夏瓷轻轻地说。

我想说点什么安慰她，她只是轻松地一笑：“我觉得他找到了合适他的人，我觉得也没那么承受不了，连我爸妈都说了，再找一个，不找也要开开心心的。一个人留在这儿也行，我很想念他们，特别是他们这么安慰我，还劝我好好想清楚再做决定。老妈是希望我马上飞过去，我跟公司递交辞职申请不用很长的时间，我想留些时间好好玩一阵子。大学还没毕业时，我就在想毕业后要快点结婚，把事情定下来，接着是工作，马不停蹄地忙，做什么事都很赶。你知道吗，有时候凌瑜发给我一段有趣的视频，我打开三次都没时间看完。”

之前围绕在她身旁的忧伤气氛渐渐散开了，她继续道：“分开后，他打过一次电话给我，问我现在怎么样。”

“你不挂他电话吗？”我开玩笑道。

她笑了起来：“我见过他未婚妻，没说过话，也没剑拔弩张的。”

“他未婚妻看起来怎么样？”

“像《阿呆与阿瓜》。”说完，她自己笑个不停，“不是酸，就是有这种感觉，他的幽默感我理解不了，她好像可以。”

“这形容，有点惨不忍睹。”

新的胶带到货了，我琢磨着怎么给手账弄个好看点的版面，一部分记录琐碎之事，一部分写身边的事，画了条丑丑的小狗。

凌瑜在线上问我：胶带收到了吗？

我回：你寄了好多，真漂亮啊。

好一会儿，她回复：去日本买的。

我回：谢谢了，下次我请客。

过些时候，凌瑜凑巧有空，她拿出随身带着的手账，说：“我每天都记，实在忙得没时间，连着几天的一起补上。我想阅历不是把每个难题都想通、透彻，而是你安心待在一处，也会理解别人的困境。”

手账里掉出张草图画，一个男子的侧脸，嘴角微微扬起。凌瑜看着，把草图折起放进手账本里，她掩上本子，笑了笑，归入她世界中的平静。

[发自肺腑地蔑视，又发自肺腑地爱着，为什么会这样？]

樊琪谈了恋爱后，便少有时间关心八卦了，她对宁则维的呼风唤雨眼不见为净。

但像他这样的奇葩不常见，不时还会听她说些传闻。

我和禹汐比较好奇的是他到底被谁甩了一耳光，樊琪试着理清头绪：“传闻太多了，我觉得以前可能因为他年轻有为，大家都喜欢他，处处把他往好的方面想。这么久了，看清一个人也足够了，发觉他不好的一面远远多于好的一面，所以，心里又气又恨，表面上还是会云淡风轻。”

樊琪忽然变得支支吾吾起来，我笑着问：“你还隐瞒了什么？”

禹汐问：“你男友不会知道，说吧。”

“还不是，现在只是普通朋友。”樊琪特别强调地说。

自从被发配到新公司做拓荒者后，樊琪每天忙死忙活，已经发自肺腑地蔑视，又发自肺腑地爱着，为什么会这样？

很久没逛街买衣服了，好友几次在电话里语气诡异得想掐死她：“你再不去逛街买点新衣服，是打算以后穿草裙吗？”

于是，樊琪放下一切和好友去逛街。好友在内衣店里找了套性感内衣，在她面前直晃悠：“我看这件不错，可以准备起来了。”周围几个听到的顾客脸上露出笑意，樊琪脸唰地红了：“你留着自己玩，要是你能穿得下的话。”

“我比你丰满。”

不由分说，樊琪被好友推进更衣室去试，她辩解说：“我没要买啊！”

“大减价，你不买就亏了。”

穿上一试，效果确实不错，好友的眼光一向精准。樊琪的手机响，费了半天劲才好不容易穿上这身塑型内衣，宁主管的电话就打来了。

“有两个客户过来，回来开会。”

“我手上有点事，要耽搁会儿。”

“半个小时后他们到会议室，赶快！”

宁主管说话的口气没有一丝商量的余地，她现在出去打车回公司，就算不堵车也要二十分钟，换下这身内衣，起码一个小时。豁出去了，她直接穿上外套去柜台付账，没注意到吊牌还挂着。好友在一旁冷眼旁观着，说着风凉话："去哪儿，把你急成这样，天还没黑呢！"

樊琪没空搭理，白她一眼便冲出了店门。赶到公司时，客户已坐在了会议室里，宁则维看她时的眼神似乎颇为怪异。她不希望工作之外的私生活被人当作谈资，接过文件掉头便往会议室里走。经过这些时日的接触，她发觉宁则维是个头脑冷静、思维敏捷的人，与她原先对他的印象有些许改观，公司合作上显示出的默契度，使得她在工作场合随时保持应有的谨慎和尊重。

她起身与客户握手道别时，完全没察觉她的套裙裙摆露出了新内衣，这一幕让坐在她身旁的宁则维一览无余。她正在为签下份大合约欣喜若狂那会儿，他堵在门口阴阳怪气地看着她。

"怎么了，我是赶在半个小时内回来的。"樊琪据理力争。

"客户对你的提议言听计从，可喜可贺，你这套内衣多少钱，公司报销。"

顷刻，她目瞪口呆，他走近她几步接着说："不过我有个小小的要求。"她退后贴着墙壁，她指着他："你想也不要想！"

宁则维俯下身，手臂绕过她腰间，她刚要扇一巴掌过去，只觉腰上被扯了一下，宁则维拿着个吊牌在她面前晃："剪了吊牌穿，才体面。"

他昂首阔步走出办公室的时候，樊琪穿着高跟鞋的脚在地上直跺。她回想起这件事就恨，气得跺脚。

这件事也是樊琪最后一次谈起宁则维，她和新男友相处得很融洽，两人认识个把月，已开始谈婚论嫁。双方家庭没有表示，两人的条件差不多，男友心疼她工作太辛苦，建议她是否换一个，两人商量之后，把事情定了下来。

“你开心就好。”禹汐说，她没有问樊琪为什么是你换工作照顾家庭，从樊琪的表情不难看出，答案已明了。禹汐说：“没有那么多绝对的事，这是关于你自己的，你心里明白就好。”

我见樊琪只是点头，本该是个特别高兴的时候，忽然觉得莫名哀伤。我说：“手账要继续啊，要不是分享彼此的手账，哪儿会知道这么多……人生啊。”

樊琪只是点头，好半天才说：“几个月前有次吃饭时，我妈说我总是绷着一张脸，没有生气，像具木乃伊。

“我想了想，新任主管也说过类似的话。我不是伤心被人这么说，我是在想，如果不改变的话我可能真的要这样一辈子。但这不是我的目的啊，努力工作是为了生活得更开心。现在我找到了这样一个人，他问我是否换个工作，我不想换也没问题。他让我觉得阴霾散开了些，有阳光照进来。”

“你当时真的很镇定，我还以为你会跟那个迟到的人去相亲，然而你并没有。”我说。

“我也看见了，有一刻我犹豫过，但这意味着我要上去打招呼，他迟到了半个多小时。事后，跟介绍人说明了情况，老妈这次难得地帮我说话，坚持说迟到这么久，我早就该走了。”

我斟满了三杯酒，我们各自拿起杯子，为了突如其来的生活干杯。

樊琪忙着布置结婚的事宜，交接完工作上的事后她辞职了，宁则维什么没说很快批准。

禹汐陪着樊琪四处采购婚礼需要的一切东西，问她：“会后悔辞掉工作吗？”

“以前太想证明了，非要做出点什么才能咽下这口气，如果做不到，我会觉得自己很无能，还是像过去那样。宁某人把我‘发配’去分公司，有时候我也会想，我到底是想证明些什么？我是要为自己证明，但这不由他来肯定。最终，我能做到的都做到了，那么可以了，再执迷其中毫无意义，我有更重要的事要去完成。”樊琪笑容灿烂地说。

“你喜欢过他……”禹汐细声细气地说，我看着一堆新到的胶带发呆，听到她说的话后有些紧张地看着。

发自肺腑地蔑视，
又发自肺腑
地爱着，
为什么会这样？

她说:“曾经的挫败感,成为了你的一部分,要是没有那些——”

“也不会有现在的我，”樊琪笑了一下，“喜欢过、蔑视过，都是发自肺腑的，现在都过去了。现在，我有了新的生活，我不受控于我的过去。”

[时间究竟能解决什么?]

福康店的生意越来越上轨道了，禹汐不止经营店铺，她积极地四处参加集市活动去摆摊，并将独家制作的精美卡片发给每位购买者，她开了网店。

赚点小外快不是她的最终目的，她希望有一天能开一家拥有自己风格的店铺。当别人在忙着社交、旅行、逛街购物时，她早就有了到处兜售、展示她的梦想。

剔除各项开销，收益已经渐渐摆脱了开始时的举步维艰，来店里的通常是附近的邻居，图个方便。网上店铺贩售的东西与福康店有些不一样，相对更时尚、另类和前卫。

禹汐说她决定回来接手母亲的店铺，她父亲冷嘲热讽了几句，他认为这种方式无疑是自杀，直言不讳地说：“你为什么要去过这种落后于别人的生活？”她父亲对于这种经营模式根本看不上眼，就像前妻在他眼中是个甘于落伍的人，难以沟通和改变。

“你从什么时候有这个想法的？”我问。

“一次旅行，跟几个同学一路自驾游出去玩，当时我们几个就在鼓捣以后自己创业，不是替别人打工。我父亲眼中的体面是我在大公司上班，衣着光鲜。我不想这么过日子。”她从箱子最低处找出几本笔记本，掸掉一层灰后，翻到第一页，“当时我还不知道手账是什么，但我喜欢边画边写，为了采风我经常翘课。”

一个梦想能维持多久，很大程度上在于坚持者的应对能力，没有进步的努力无疑是在浪费时间。

当别的同学做各种兼职、体验人生，她看似文艺十足的梦想如此不切实际，她想以后开个主题店铺，她和同学确定去集市上摆摊。她主要负责画画、设计，集市摆满一桌她们带来的手工制作，布袋、收纳袋、印花坐垫等等，每件都是精心制作，很多只有一件，相当一部分是定制。

有天，她们的手工制作遭到了嘲笑，被人取笑是土，对方拿了自己的作品跟她们比较。老实说，在吵架的气势上她们几个从没输过，一次也没有。但冷静后反思，对方的手工制作确实比她们精致、大气，她们太小女生、没见过世面，这么气急了大吵一架尤其证明了这一点。

“后来你们怎么做的？”我问。

“去拜师学艺，其中一个家里有辆二手车，我们几个加在一块，没有解决不了的事，但在说服她们履行时，很费了番工夫。”

“她们不肯吗？”

“都觉得是玩票的，突然这么当真，就不太愿意了。”

禹汐先是各处打听一番有趣的手工坊，确定了行走路线，成员人数变动比较大，决定不去的、新加入的，人数维持在个位数。禹汐打听到当面嘲笑她们的家伙与宁则维认识，跟这家伙沾边准没好事。这时学校里一些关于手工艺的集市宣传单多了起来，还有一些限量邀请的沙龙。

宁则维当时的女友负责组织沙龙，她也是禹汐的室友，但在这件事上两人话不投机。

“车上放得下我的行李箱吗？”出发前总是顾虑重重的卉卉。

“能。”禹汐不得已说谎了，反正到时总有人的箱子要顶在车顶上。

说服最后一个成员时，对方问：“我们住哪儿呢？”

众人一怔，禹汐马上道：“我查勘过地形，那里有民宿。”

晓湄眼神异常冷静地说：“我们这几个人，有什么不能商量着解决的，是吧？”

出去前的日子里，每个人分头行动准备各自的装备。假期临近前的日子，难得地积极备战考试，万一补考可就错过行程了。

终于熬过期末考，她们几人如释重负地长舒了口气，接下来就是怎么制定路线的事，一人提供代步工具，其余交给另外三个解决。晓湄最注重细节周详，她的安排，其余的人没有异议。

禹汐抱着几本书回家收拾行装，长假结束后再见了，从小到大，第一次感到假期如此令她紧张又激动。

卉卉拖着行李箱出现时，原本还剩下一小块地方的后备箱看起来真像是豆腐干，她手舞足蹈地辩解：“我还有好多东西没带呢！”

四个人七手八脚地重整行李箱，路程十个小时，应该把安置箱子的时间也算上，直到其中一个按喇叭催她们，才终于商量完出发。

远方天空的云，像是一张地图，指引她们的去路。根据事先查好的路线图，照准一个方向开上高速公路转国道，应该是很简单的事。但是，她们几个要不水喝多了，要不肚子饿了，经过杭州时一窝蜂地冲下车找吃的。禹汐咬着牙地去找停车位，总算以为能坐在餐厅里饱餐一顿时，起了个大早等她们几个，开到杭州已经中午了，等个位子吃完饭差不多下午三点多了，卉卉也不知抽得什么神经，提议去西湖边上吃。

“洗手间哪里都有，不着急。”卉卉蹦蹦跳跳地像个难得出门的拖鼻涕小朋友，看见什么都开心，她每年都出去旅行，欧洲也去过，“但不是和你们一起啊！”

禹汐已经听天由命，晓湄在搜索住宿，丫雅抱着薯条在吃，没空发表意见。

西湖边聚集了很多人，情侣、老人、孩子、学生等等，停下自行车的年轻人就着杨柳岸嗜书如命，看着她们四个女生抱着一大堆食物招摇地走过来，一个小哥起身对她们笑了笑，把位子让给了她们。

四人吵吵闹闹惹来不少路人侧目，等她们吃完这顿，已日暮夕阳。幸亏晓湄早已预料，禹汐还坚持了一会能赶到下一个目的地，遭到一致反对，晚上四人挤一个房间。

其中卉卉积极怂恿一起出去逛夜景，附近有什么好吃的、好玩的早跟酒店前台打听清楚，禹汐以第二天准时出发为由选择待在旅店，余下两个在顾虑晚上会下雨，想躺在床上追剧看。

最终两人跑去吃甜品逛夜市，买了一堆吃的，半路上果真下起毛毛细雨。经过西湖时仍然有不少游人在拍照，打着闪光灯、防雨具，朦胧迷离的西湖雨夜，情侣们撑着伞漫步湖畔。

画册到此刹然而止，我又重新翻了一遍，确凿没有新的画页，疑惑道：“这是全部？”

“嗯，旅行到这里都是很美的。”禹汐说，“要是真能这样走下去，也许我们每个人或多或少会不一样吧。”

“发生什么事了？”

“第二天车在路上被人追尾了，其中一个同伴腿上受伤，我们三个受伤不严重。”禹汐转过头，她或许又想到了宁则维的那次受伤，在她身边的人似乎总在以不同方式受伤。

“你的同伴后来没事吗？”

“她康复治疗了很久，尽管后来基本康复，但这件事是因我而起。”说着，禹汐沉默了下去。

原来她身上背负了这么多负担，我见她不愿多谈，便打算适时离开。

忽然，店面被一阵敲打，许久不见的华卿一脸高兴地从外面进来，说：“这次的宴会你一定要去！”

他忽然转过来问我：“她这周六没安排吧？”

“我怎么会知道？”我古怪地看了他一眼

他则继续道："是酒席，你以前答应陪我去一次酒席的。"

"什么酒席，谁的？"禹汐疑惑地看着他。

"结婚酒席，宁则维。"华卿缓缓道。

我偷偷瞄了眼禹汐，她表情平静如常，"哦"了一声："上次樊琪说的那件事，你还记得吗？"

"会过去的，"华卿故作神秘地笑了笑，"你知道新娘是谁？"

"我肯定不认识。"

"他大学女友的一个堂妹，听他的意思是一个公司的。"

"是他公司的财务吗？"我脱口而出。

华卿吃了一惊："是的，你怎么知道？你认识他？认识哪个？"禹汐也是一脸狐疑地瞅着我。

"我记得樊琪说公司里大换血时，她那天很晚回到公司放东西，要走的时候财务问她要不要吃晚餐。我当时觉得很奇怪，按正常逻辑财务会问的人肯定是新任的高级主管，她绕过来问樊琪只有两个可能，要么她们两个的关系特别好特别交心，要么就是委婉地告知樊琪，她该走了。"

禹汐笑着点头，越笑越开心。华卿似乎明白了，似乎又没想通，傻傻地笑着，只要看到禹汐是开心的，他就是开心的。

"时间很讽刺，是最温柔的杀手。"禹汐说。

"为什么？"华卿靠近她问。

“那个堂妹，据说当时也在他摔下去的桥上，堂姐妹俩的关系不太好。我听别人这么说过，现在想想，那次在桥上到底发生了什么事，就算是围观的人自己也不清楚。”

充满偏见的爱这一个或那一个，才恰恰是我们在这个不可靠的世界上，最为充满偏见地爱着的原因之一。

图书在版编目（CIP）数据

那些细碎却美好的时光 / 山亭夜宴著 . -- 南昌：百花洲文艺出版社，2016.5

ISBN 978-7-5500-1746-7

Ⅰ . ①那… Ⅱ . ①山… Ⅲ . ①散文集－中国－当代 Ⅳ . ① I267

中国版本图书馆 CIP 数据核字 (2016) 第 098882 号

出 版 者　百花洲文艺出版社
社　　址　江西省南昌市红谷滩世贸路898号博能中心20楼　邮编：330038
电　　话　0791-86895108（发行热线）0791-86894790（编辑热线）
网　　址　http:www.bhzwy.com
E-mail　bhz@bhzwy.com

书　　名　那些细碎却美好的时光
作　　者　山亭夜宴
出 版 人　姚雪雪
出 品 人　刘运东
特约监制　肖　恋
责任编辑　胡志敏
特约策划　肖　恋
特约编辑　萨　萨
封面设计　程　然
封面摄影　芒果君
经　　销　全国新华书店
印　　刷　三河市南阳印刷有限公司
开　　本　1/32　880mm × 1230mm
印　　张　7.5
字　　数　90千字
版　　次　2016年6月第1版
印　　次　2016年6月第1次印刷
定　　价　32.80元
书　　号　ISBN 978-7-5500-1746-7

赣版权登字：05-2016-124